給熟年的祝福帖

琹涵——著
蘇力卡——圖

目次

Part 2 生活高低音

Part 3 酸甜歲月好

星光與月色

我常想：到底我是以怎樣的態度來面對寫作呢？

所有的文學創作都必須根植在生活的土壤裡，才能生長茁壯，一派欣欣向榮。散文寫作，尤其來自生活，歸於心靈，更是息息相關。

然而，光明與黑暗，善與惡，美與醜，喧鬧與寧靜，崇高與卑汙……常是相互依存，甚至是一體的兩面。作家的責任在於剪裁與取捨。

如果不以悲憫存心，如果不能讓這個世界更添真善美、為人心更增智慧和高潔的品格，那麼，寫作的意義在哪裡呢？

文字之所以讓人敬畏，在於它是有力量的，甚至足以頑廉懦立，橫掃千軍。作家執筆為文，更應思之再三，審慎落筆。

總是在於那一點誠敬的發心，文字才有可觀之處吧。

那天，過完紅綠燈，正巧遇到鄰居媽媽。

我和鄰居媽媽雖然住在同一棟公寓裡，由於彼此出入的時間不同，很難相遇。我們每次相遇，幾乎都在住家附近的馬路邊，很有趣。

我問她：「前天清晨，我去散步時，走過鄰近的住家，看到有警察先生進出，你知道發生了什麼事嗎？」

「不太清楚。只是聽說，有一戶人家從晚上十點多開始吵，吵個沒完沒了……」

就怕是這樣，意見不合，無法相處，分手不易，彼此怨懟。

也許是吵得太厲害，干擾了別人家的作息，經由報警，招來了警察。也許是更不堪，有人受傷送醫，終究不是美事。

門裡門外，都是人生。有話好好說，怒目相視，酸言冷語，畢竟傷了和氣。然而，幸福的家庭都是一樣的，不幸的家庭卻各有其不幸。面對命運的作弄，我無言。

希望我們今生結的都是好緣，惜緣果真有必要。

完美，是我們的人生追求，然而，它像高懸的理想，和我們現實的生活是有距離的。

現實的生活，充滿了柴米油鹽、疲憊憂煩與壓力，很難掙脫。於是，我們常不快樂的活著。

仔細想想，人生的風景都是美麗的，不完美是好，殘缺是好，蜿蜒曲折也是好……

可是，我們什麼時候才能真正明白呢？

當我們歷經了生命的風霜雨雪之後？當我們明白天晴天雨都有上天的祝福時？當我們清楚失敗是獲得，放棄是另一種擁有？……

放下自己的得失心，無須處處計較，更不要過於看重失去，要時時提醒自己，不要老是怨天尤人，甚至豔羨他人，而是要埋首工作，只要夠努力，成功也就水到渠成了。

追求完美，只是為了讓我們能不斷進步，讓我們能成為更好的人。

努力了，問心無愧，就讓一切雲淡風輕吧。

生命中的眼淚都一一澆灌了我們心靈的花朵，它將綻放出更大的美麗，繽紛了整個宇宙。

《給熟年的祝福帖》是一本充滿了祝福和鼓勵的書，人生的挫折和困頓何其多，也提供了我們學習的契機，讓我們更成熟，有智慧，也成為更加溫暖的人。

有人問：多少歲才算是熟年呢？

一般的答案是：三十五歲以上。

如果你還年輕，遲早會走上熟年的階段。如果你已熟年，想來一定有很多的思索和心得，而這種種的省思，也將豐美了你的人生。

這本書是一份愛的禮物，也是給你以及給我自己的祝福。

特別要謝謝蘇力卡，她的用心插畫，也彷彿是另一種雋永的訴說。

更要謝謝編輯晶惠，是那樣的認真，才有如此近乎美善的書。

親愛的讀友，當您打開了這本書時，我的感謝和祝福也深藏在其中，像閃耀的星光，也像掩藏不住的美麗月色。

琹涵 寫於二〇二〇年暮春

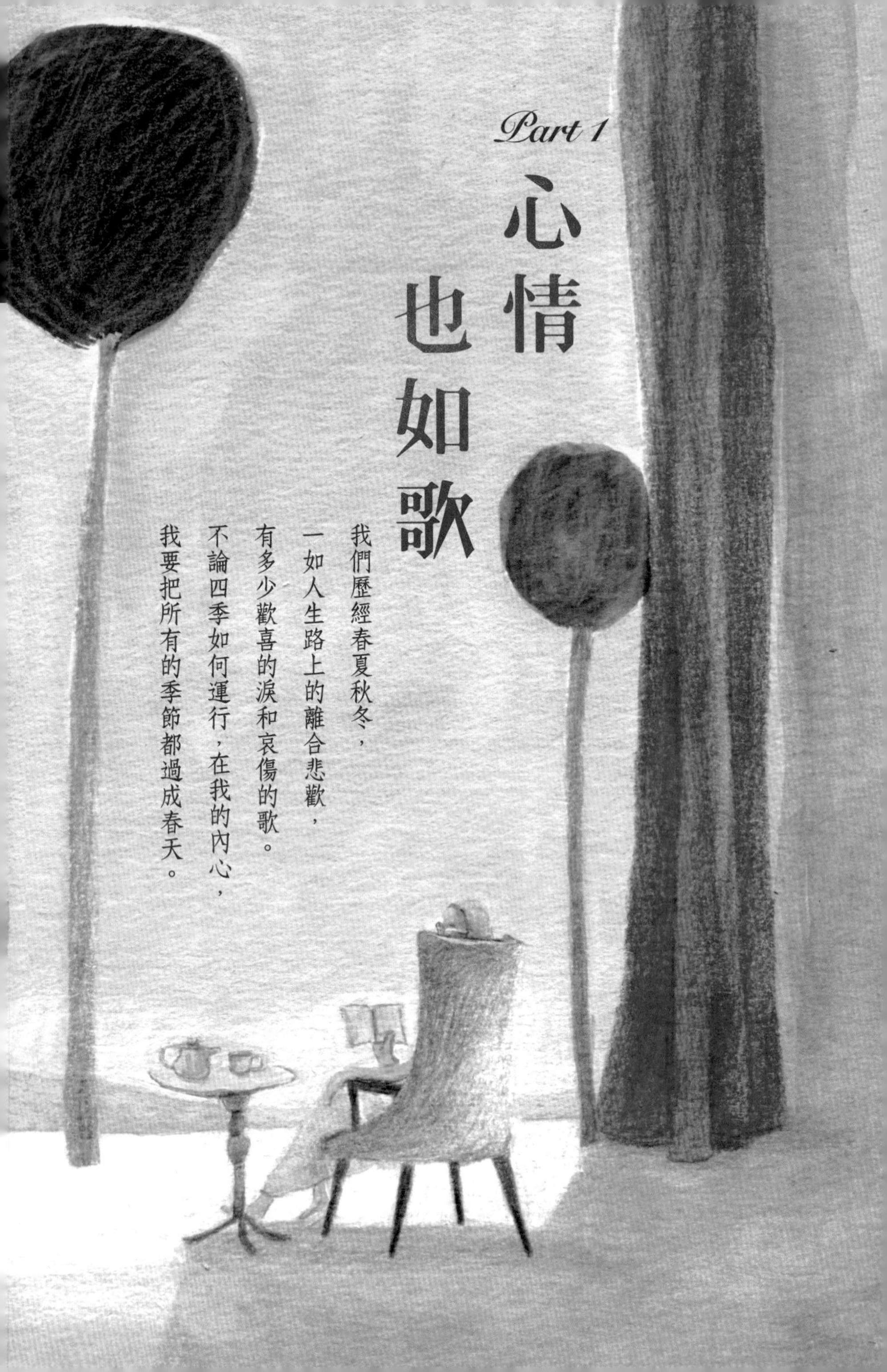

Part 1 心情也如歌

我們歷經春夏秋冬，
一如人生路上的離合悲歡，
有多少歡喜的淚和哀傷的歌。
不論四季如何運行，在我的內心，
我要把所有的季節都過成春天。

part 1

心情也如歌

心語錄

前塵往事還是忘了吧，都到了黃昏的時刻，能捨就捨，能放下就放下。不宜縈繞於心，而是還給自己曠達自適的安寧。真希望我們都只是天邊的一朵雲，能隨風四處遨遊，再無罣礙在心頭。

人生的故事太長，慶幸我們能活到今天，看到了更精采的內容和讓人驚訝的橫生枝節。

原來，活著，也是有趣的。

每個人都有屬於自己的路要走，只要能走在夢想的路上，就是一種幸福。

經歷了很多事，也看盡了離合悲歡以後，我們終於明白：世上哪有什麼標準答案呢？所謂的標準答案都只是一時，真正的答案是要以我們的良心來衡量。

每一分的努力付出，每一寸的堅定步履，上天都知道，我願意相信：總有一天，會還給了你一個公道。

所以，無須心懷怨懟，曾經流汗流淚學習得來的種種以及辛勤走過的艱難路，都不會只是一場枉然。

走吧，走吧。一個人努力的走，認真的走，走多了，走久了，竟然真的走出了平靜的心情，更始料未及的，走出了健康。

原來，世事是變動不居的，並沒有所謂的永恆。歡樂有時，哀傷有時，繁華有時，衰敗有時。明白了這個道理，活在當下，才是至理。

或許，在每個人的心中都有一條小河，也曾日夜不停的潺潺流過數不清的歲月吧。心中的小河潺潺流過，它不曾說話，卻給了我們許多無言的啟發，也豐富了我們的心靈和人生。

一年有四季，依循著節令而走，我們歷經春夏秋冬，一如人生路上的離合悲歡，有多少歡喜的淚和哀傷的歌。我告訴自己：不論四季如何運行，在我的內心，我要把所有的季節都過成春天。

上天以雨露滋養了大地，大地則以鮮妍的花朵作為報答。這是何其美麗的回報！

如此的給予和報答，成就了天地間絕美的佳話。

我們當以歡喜的心情，珍惜世間所有的美，一棵樹，一朵花，一片流雲，一抹寬容的微笑……

因為珍惜，所以留住美好，在記憶裡，永不磨滅。

我們的心頭也會有落葉吧。那些消極的想法、負面的思考，如：灰心、絕望、失敗、放棄、悲觀……都像落葉，真該一一掃去。不要讓它們繼續留在心中，以免影響了我們未來的人生。

秋天時，地上的落葉要掃乾淨，心頭的落葉更要記得仔細掃去。

當我們笑著，花開蝶舞，人間多的是美景和歡樂。

所以，要經常微笑。歡喜時微笑，是一種分享，讓別人感染你心中的甜蜜。

憂傷時更要微笑，鼓舞自己勇敢前行。

真的，當你笑著，全世界也跟著笑了。

做快樂的自己，首先要善待自己。如何善待呢？不要老是過於苛求。

原來，心放開了，一切也就過去了。人生中出現的那些糾結，說錯的話，做錯的事，看錯的人……只要我們不在意，就讓它們存放在過去吧。不必時時想起，更不需要縈繞於心，就像昨日的風，往昔的雨，跟今天的你又有什麼關係呢？我們更應關注的是此刻的自己、未來的前程。

人生的路自己走，哪裡需要事事跟他人去計較？反而應該積極尋求自己內在的強大。

母親的愛

我的母親聰慧，加以手巧，手作成績驚人。她的廚藝佳，又快又好，舉座皆歡。可惜她的身體瘦弱，沒有足夠的體力長時間站在爐火前煎煮炒炸。於是，我從小就在她的調教之下，很早就取而代之，獨當一面。其實，我未必真有興趣，但是能為母親代勞，我甘之如飴。

畢竟是年紀輕，學得快，舉一反三，做餐在我，從來不是難事。

年少時，空閒多，我學做緞帶花、鈎毛衣外套、各種背心、帽子、圍巾、甚至還做小棉襖等等，有一年興起，還想去學洋裁。

一生喜歡學習的母親卻堅決反對，她說：「剪裁衣裳很累，還會被人嫌。」也許，是她捨不得我辛苦吧。我得自她很多的遺傳，例如喜歡文學，熱愛閱讀和寫作。然而，當所有的繁華落盡，最後卻只剩下寫作一項了。

寫作，被認為是文字手藝，所以，我也將它歸之於手作。

或許，那才是我真心喜歡，一往無悔的吧。

我寫了九十多本書，本本美麗，可惜如今母親已在天上，無法與我同享歡喜，令我深以為憾。

我的一生得自母親的帶領最多，真心感謝母親的疼愛和鼓勵，我才有今日。

母親的愛，是我眼前的燈，路上的光，為我照亮似錦的前程，令我終生感謝，不敢忘。

人到無求品自高

「人到無求品自高。」這是媽媽曾經說過的話，也是她一生的注解。

媽媽很愛我們，跟兒女的感情也非常好，可是她的話不多，從不嘮叨，所以我們的家庭氛圍寧靜，我們就在寧靜中長大。

在我們的眼裡，她是能幹的，既不肯求人，事必躬親的結果，也培養了她的多方能耐。她務實而認真，腳踏實地，與人為善。待人謙虛親切，也替她贏得了好人緣。

然而，人生是漫漫長途，雖然她不求人，卻也感激別人待她的善意。那年她病重，病榻之前猶殷殷囑咐，待她大去之後，必得修書一封，替她謝謝當年同鄉的陳家夫婦，只因他們曾在她困難時仗義執言，替她說了公道話。

媽媽辭世後，我在拭不盡的淚水中，替她完成此事。媽媽一生言教身教，都是給予兒女最好的帶領。

我也終於明白媽媽的獨立以及對自我期許的崇高。儘管她因身體不好，活得辛苦，卻處處與人為善，贏得了所有人的尊敬和愛。

追逐

人生總有追逐的目標，讓生命更有意義和價值。

每個人都未必相同，卻也無可厚非。各取所需，聽憑所欲，依個人的喜好，旁人無由置喙。

那麼，你呢？你追逐什麼呢？名？利？還是一個夢想？

我有個朋友，其實談不上有錢，卻熱心獻身社會公益事業，積極幫助弱勢團體。當然這條路走得很辛苦，常常需要想法子四處奔波募款。

多年下來，儘管事繁人雜，艱苦備嘗，她依舊甘之如飴。我每回想到她心中寬廣的大愛，多麼令人肅然起敬。相形之下，凡俗的我們何其渺小！

沒有人嫌自己的錢多的，錢多好辦事，吃吃喝喝，買這買那，圖個淋漓痛快。可是，她卻像個苦行僧，老是省這省那，為的是希望能盡量照顧到更多弱勢的人們。

她總是在別人的不幸裡，看到了自己的責任。

她的外表纖纖弱弱的，卻意志堅強，鍥而不捨，是我心目中的巨人。只因她放棄了一己的逸樂而努力去追逐一個偉大的夢想。

有趣的日子

她是我的鄰居，善良、熱情、能幹、負責，對父母尤其孝順，是一個我很喜歡的朋友。

婚姻、家庭都美滿。我以為，她的風趣是潤滑劑。她本分、盡責，治家條理井然，上天必然明白她的處處用心，而這一切都是她應得的。

如今兒女已經能自立了，而且都有很好的工作，不勞她費心。卻也是在這個時候，天啊，她已年過半百，居然開始努力做自己，買昂貴的入場券去追韓星，濃妝豔抹、還穿著都是大大小小破洞的牛仔褲……

我好驚奇，「怎麼會這樣？」

「我從小都太乖了，一直是個乖乖牌。現在就想放肆一下，痛快一回。」

聽起來，好像才要開始「叛逆」。五十多歲的「逆女」，不嫌有點太晚了嗎？

我很關心：「家裡的人怎麼說呢？」

「他們都哈哈大笑，也很開心。」

她是個懂事，有分寸的人，不可能過火到回不了頭。那麼，就讓她過一陣子有趣的日子吧。

老了年華？

那年，五十歲，我們剛從職場上退休。

好朋友也在那個時候，出版了她的第一本散文書。

我們都說：「文章寫得那麼好，書卻出了那麼晚。」那時，我們用誇張的語氣說：「真教我們等老了年華！」然後，一群人嘻嘻哈哈地笑著。

唉，五十歲，是有了一點歲數了，然而，距離「老去」，其實，還有一段不太短的時光。

我們的心裡都是這麼想的。

然後，愛旅遊的人五湖四海到處去，愛讀書的人去深造，愛畫畫的人去拜師學畫，有人含飴弄孫，甘之如飴。有人回鄉下耕種，成了「現代陶淵明」……每個人都走在實踐夢想的路上。

哪一天，做不動了，走不了了，學不成了，或許，到那時，才真正是「老了年華」？

然而，到了那個時候，恐怕人人都緘默無言，年華不是用來說的，老，將以悍然之姿，征服一切。

執禮

陪著北上的好朋友去探訪她往日教過的學生。因為我也和那學生認識，是我隔壁棟的鄰居，於是，我成了陪客。

那學生可真客氣，先是來接，又準備了許多東西給我們吃。

我們一直都在說話，人間行路，塵滿面，鬢如霜，各有各的滄桑。那時候，已經是黃昏了，中午我們另有飯局，和其他的朋友。好朋友難得來，她的學生期待久矣，說是「望穿秋水」，也不為過。

當然，再累，也是要見面的。

說了許久的話，學生進廚房去燒水、泡茶，好朋友卻站了起來。說是，坐太久了。學生來，忙著替我斟茶。見此光景，恩師站著，她哪敢坐下？於是，也站著，繼續說話。

這年頭，執禮如此恭敬的，怕也不多了。

跟風一起跑

跟風一起跑，她是個追風美少女。

她一向是個勇往直前的人，想很少，做很多。

她的目標是贏過自己，即使只是一點點，她也是歡喜的。

在運動場上的競試裡，比賽很多，當然都是有名次排列的。名次，不在她的眼裡。在她，得第一名並沒有很高興，進步，倒是值得在意的。

這樣的心態，讓她擺脫了名次的干擾，沒有太多的得失心，也就不會因此患得患失。她跟自己比，希望一次比一次更好。她可以為自己而跑，為興趣而跑，為健康而跑。多少年來，都是這樣持續的跑著。

勇往直前，她快樂的跑啊跑，跟風一起跑，終究跑出了屬於自己健康的人生。

歡喜相見

不知怎麼的，那個早上一直有插撥的電話進來，後來接到最後一個，是她。

她說：「想去看老師，不知老師什麼時候有空？」

我心中起疑，那天非假日，是個工作天：「妳怎麼有空呢？」

「今天休假。」

「那妳現在就來。」

她住在緊鄰的城市，距離卻遠，還好有捷運。

她帶著午餐來，進門的時間是中午十一點多。

然後，我們開始說話，不停的說話，中間吃了午餐和水果，然後又繼續說，彷彿沒完沒了。等我看錶時，已經是下午的五點一刻，她必須離開，不多久，下班的人潮就會湧現，搭車擁擠。

我看著她長大，結婚，丈夫事業失敗，她立刻擔起養家的所有責任，直到兒女學成就業。老大在去年結婚。

多麼不容易。她太乖了，簡直是另外一個「阿信」。真了不起，令人心生敬意。只是，我到底不忍。

也幸虧有她，兒女才能正常的長大，維持了一個家的完整，沒有分崩離析。是她奉獻了自己，成就了家人。

每個人的一生都有比較辛苦的時刻，幸好一切都過去了。

願她安好，往後都是順遂平靜的好時光。

往事如煙

假日時，她來小屋閒坐。

我們談起共同的友人，相識的同事，也只是聊聊。

然後，我們談到某人，一向沉靜的她卻突然顯得有些激動了起來。都是二十多年前的事了，或許那時候她委屈了。

早已是前塵往事，難道不也如煙嗎？沒有散去，想必是有某些扞格仍梗在心上一直過不去。

老是過不去的心事，苦的，難道不是自己嗎？

前些時候，有個朋友跟我在電話裡重提舊事，從來靜默的我也一時激憤起來。當年她處理事情有瑕疵，擺了我一道，不只沒有道歉，還認為我當眾生氣，讓她失了面子、下不了臺，至今仍耿耿於懷。我終究明白個人的不足，需要學習的地方太多了。當然，也包括我自己。想到她一直待我友善，我心存感謝。其實也無意再加計較，誤會因此得以冰釋。但願友誼一如初相見。

真的，前塵往事還是忘了吧，都到了黃昏的時刻，能捨就捨，能放下就放下。不宜縈繞於心，而是還給自己曠達自適的安寧。

真希望我們都只是天邊的一朵雲，能隨風四處遨遊，再無罣礙在心頭。

她的好人緣

她的人緣一向極好，在我的朋友中名列第一。

教書時，她曾經在無意間出過差錯，此事可大可小，本來改過就好，卻因為有地方議員的介入而變得有些棘手。後來，還是由校長站出來力挺，才得以順利過關，沒有釀成大禍。

是的，校長很不錯，也是她的運氣夠好。

今年六月底她赴大陸旅遊，就在行程快結束時跌倒。

她忍著痛，順利回臺。回來以後，照樣運動、外出、購物、清掃。日子不得閒，可是腳痛一直都沒有好。去藥房買藥布時，老闆建議她，畢竟有些歲數了，還是就醫吧。

她去看醫生。經過檢查，醫生說，骨折。現在打石膏。

她立刻跟醫生情商，第二天有重要的事，能不能第三天來打石膏？醫生同意了。

到底她第二天有什麼事？原來事前說好，要去幫朋友的忙。如此重然諾，不怕醫生生氣，還真是少有。

原來，她是愛朋友的，好人緣是這樣來的，多麼讓人佩服。

友誼無價

我的成長歲月都在鄉下度過，好朋友則住臺北都會區。七月時，她請我吃飯。樓高第五十層，價錢不菲。她老是跟我說，景觀如何的好，即使國外的朋友來，也多有稱讚呢。我去了，餐也吃了。景觀好嗎？在我看來尋常。

我在南臺灣糖廠的廠區長大，景色優美，宛如公園。住的是日式房子，寬宅大院，清幽處處。大學時，在陽明山讀書，畢業以後，長住白河，在那兒教書，白河有「蓮花故鄉」的美譽。

回顧這一生，我幾乎都住在圖畫之中。曾經多麼的幸運而不自知。所以，當我從餐廳的窗戶向外望，唉，那模糊的山色哪及陽明山的清麗？坐在靠窗的我，往下看全都是靜止的轎車有如火柴盒，並不是潺潺的溪流，得聞清音無數。

是的，當年我在鄉下，隨處一望，都是勝景。風光勝過此地百倍。
可是，我的好朋友居住在都市裡，其實無緣見到山水之美。城鄉畢竟大有不同。
感謝她的盛情，友誼到底無價。

祝福

我們曾經有過三年同班，還曾經是室友。部分的生活重疊，朋友也有一些是相熟的。

這讓多年以後的我們聊起天來顯得非常有趣。

有些我知道前半的故事，卻不曉得後來的發展。有些人無法只看表面，多年以後，我們才終於明白他的心思。有些我不明所以的故事，是因為其中隱藏的線索我不知曉，一旦挑明說了，也就恍然大悟；然而，人生的故事太長，慶幸我們能活到今天，看到了更精采的內容和讓人驚訝的橫生枝節。

原來，活著，也是有趣的。

對於那些提早離席的朋友，我們到底不捨，然而，生死有命，也不是我們所能左右的。天意讓人敬畏，卻又奈何？

真心祝福我認識的每一個朋友安好。

放下，需要智慧

放下，需要智慧，卻不是人人都有智慧的。

我們是平凡的人，多麼容易為執著所束縛，甚至為此受苦，想不開。心中不痛快，日子哪裡會如意？

我的朋友一生都為婆媳問題所困擾，可是看在我們的眼裡，並沒有住在一起，摩擦是可以降低的，何以要這樣的耿耿於懷呢？婆婆和媽媽大不同，哪裡能冀望婆婆愛媳如女？那豈不是要求太過了嗎？可是，已然鑽進牛角尖的她，百勸不聽，她看到的總是自己的委屈和眼淚，沒完沒了。卻不知其他的家人也都做了部分的承擔和讓步，她才能享有屬於自己飛翔的天空。

總是比上不足比下有餘的，她是不是明白自己的幸運呢？

或許，還需要假以時日，有一天她了悟了，或許就真的不同了。

走到人生黃昏

好朋友北上小聚，她有一年多沒有來了。

我們的情誼有如手足。在很年輕的時候相識，曾經是同事，還是室友。那是我的白河歲月，如夢，開滿了美麗的荷花。

如今，屬於我們的青春年華早已遠逝，再也尋覓不到任何的蹤影了。

她跟我說：「走到人生黃昏要做三件事，一是要運動，二是少看電視，三是多閱讀……原來，妳都做到了。」

是的，我做了，只是不知夠不夠認真執行？

然後，我們說了很多的話，甚至連前塵往事都複習了一遍。那些遠去的故事，若非故人的來到，又有誰能陪我一起好好重溫往日時光呢？空閒時，她開始看我桌上的書，還帶走了兩本，《慢讀唐詩》和《最美是詞》。希望她會喜歡。

一回相見一回老。

有一天，只怕健康崩毀，受不了舟車勞頓，我們連見面的力氣和機緣都會跟著失去。

她說：「如果那樣，也只能接受。」

真的，就活在當下吧。

歡迎好朋友下次再來玩。

都怪入迷惹的禍

在一齣戲裡，演員必須入戲，才能演得入木三分，人人叫好。至於旁觀的人，卻也有因為看得入迷，信以為真，而忘了那只是戲。難怪有人要說：「演戲的人是瘋子，看戲的人是傻子。」唉，瘋子和傻子相距也不太遠，都怪入迷惹的禍。

有所迷，也未必是壞事。因為迷，所以專注，所以有所成。問題在於過猶不及，太過，則可能傷身、敗家，甚至眾叛親離，流離失所。

古人的所謂癖，是興趣，是嗜好，也是迷，古人說：「人而無癖，不知何以遣此無涯人生？」以現代人來說，有一些興趣，可以抒解工作的壓力，更讓心靈有所寄託，好處很多，甚至還可以加以發揮，成為別人所羨慕的第二專長。

只是凡事有個限度，過分入迷，忘了一切，如此走火入魔，恐怕不蒙其利，反受其害。保持適宜的分寸，依舊有必要。

留下寂寞

當展翅飛離的你，一心只想著更寬廣的天地，更能實踐心中的夢想。你離巢飛去，毫不遲疑。你從來不曾仔細想過，是你留下了無邊的寂寞，給父母。

父母不曾有一句不滿跟你說，還給了你最大和最深的祝福。

年輕的心，執意嚮往海闊天空，恨不得振翅而去，尋覓新天地，好施展才學抱負。你認為一切理當如此。遠方，才是你的夢寐之處。你飛離故鄉，不曾帶著絲毫的眷戀。

人人都是這樣，你以為自己何嘗有錯？

的確，你並沒有錯。

幾十年以後，當你的兒女長大，一樣振翅飛去，一樣留下寂寞，給他的父母。

多麼的淒清冷寂。

這時，你流著淚，滿心懊悔，終究明白當年父母心中的感受了。

鼓舞自己

你常鼓舞自己嗎？

有時候，我們灰心沮喪，覺得世界上沒有一個人懂得自己，覺得自己是多餘的，沒有一點用處，不免心灰意冷。你問自己：是不是就此放棄一切呢，包括自己的生命？

每個人都曾有過絕望的時刻，不是只有你一個人如此。那麼，別人又是怎樣走過這黯淡的時段呢？

可以放個假，可以出門做個短期的旅行，讓心情藉此有所轉換，不必偏執的墨守成規，試著從另一個角度來思考，或許也會大有所得。也可以找一個安靜的角落，沉思冥想，另謀他策，或許能夠突圍而出。也可以就教於高明，聽君一席話，或許有醍醐灌頂之效。可以做一些原本想做卻又找不出時間的事來做，例如：看書看電影看戲，做手工，學烹調……學習新技藝，那種學習的新鮮和快樂，有時候能扭轉，甚至療癒了我們原本乏味的心。

總之，要想方設法鼓舞自己。

鼓舞自己，就從此刻開始。

先要站穩腳步，或認真讀書或深入思考，或運動或小旅行，或散步或訪友，找出適宜可行的良方。

快樂，也需要努力去爭取。那麼，鼓舞自己有必要，請不要輕言放棄。我常覺得：在我們的一生中，只要方向正確，不放棄，持續的努力，日久天長，終究大有可為。

要有信心，要勇敢，眼前的陰霾終會散去，再見朗朗晴空。

在於選擇

人生的可貴和有趣，在於選擇。

不同的選擇，甚至會帶來人生大相逕庭的發展。所以，面臨重大的選擇時，須要謹慎用心，不宜輕忽。

選擇有百百種，大大小小，不一而足。

有的，輕鬆敲定就可以，如生活中的瑣碎小事。然而，涉及大事時，就須要有周全的思考，如就讀的科系、從事的職業、婚姻等等，都宜審慎擇定。因為那將影響到未來，即使繞路也是辛苦。

由於選擇權在自己，更要提醒自己，既經選擇，就要愛自己的選擇。如果態度輕率，事後又不肯謀求補救、負起責任，我以為，他恐怕不夠成熟，不是一個有擔當的人。

不管做的是怎樣的選擇，希望都是屬於上進的，有益社會人心的，絕不能向下沉淪，自誤誤人。俯仰之間，務必無愧。

走在夢想的路上

願你走在夢想的路上，這是我對你的祝福。

人生的追求百百種，每個人都不相同，卻也無可厚非。

在那個久遠的貧困的年代，或許要求低微，先求溫飽，有飯吃有衣穿，然後希望兒女都能有受教育的機會。對窮人家來說，教育，恐怕是唯一翻轉人生的機會了。也因為這樣，有些人在面臨選填志願時，只得放棄一己的夢想，讀一個父母認同的科系，將來好謀得不錯的工作，再也不必為衣食奔波勞苦了。

衣食得到溫飽，追求夢想才有可能。

我以為，如果心中的夢想夠強烈或巨大，終有一日，還是會走向夢想，只是延遲一些時日罷了。

無須怪罪他人，每個人都有屬於自己的路要走，只要能走在夢想的路上，就是一種幸福。

往日，我們總要問

讀書的時候，每逢考完試，我們總要問：答案是什麼？

答案，當然指的是標準答案，那是評分的依歸。

做事了，我們也常在探索答案。其實，世事紛紜，答案早已各有不同，很難有一定的標準了。那麼，何去與何從？就在我們智慧的解析和精準的判斷了。

就這樣，我們跌跌撞撞的學習，經常摔得鼻青臉腫。對每個人來說，那都是必經的關卡，累積了許多經驗，慢慢的，就能心領神會了。

如果我們不是「得到」，那麼就是「學到」了。無論順逆，以人生的長遠看來，我們都是贏家。

經歷了很多事，也看盡了離合悲歡以後，我們終於明白：世上哪有什麼標準答案呢？所謂的標準答案都只是一時，真正的答案是要以我們的良心來衡量。

於是，讓我懷念起年少時候的考試，那時，我們總要問：答案是什麼？

唉，多麼天真爛漫的歲月啊！

被溫暖圍繞

天氣突然變冷了，於是我找出了一雙毛襪穿上，果然覺得溫暖很多。

以前，我很不愛穿很多的衣服，也不愛裹著厚棉被，總覺得：冷一點，會讓自己更清醒一些，或許做起事來，也更能判斷清楚，思路明晰，連工作效率也會跟著提高。

就這樣，過了很多個冬日。

有一次寒夜，我終於被凍醒，怎麼都無法再入睡。輾轉反側，不能成眠；於是，我只好起身，另外找出一床厚被蓋上，果然因為有著溫暖所圍繞，很快就進入了夢鄉。

後來我也發現，只要加穿一雙毛襪，腳不覺得冷了，全身也會跟著暖和起來，從此我也習慣在寒冬時穿著毛襪睡覺。

天地寒涼時，被溫暖圍繞的感覺真好。

人間行路，善意、關懷、體諒和愛，都能帶給我們溫暖，不畏天寒地凍、風雨交加。

在安靜裡

我喜歡安靜，在安靜裡，更可以做自己。

我有個作家朋友，她每天一定要外出，回來以後，常能寫出佳作來。真的好神奇。有時候遇到連日的壞天氣，不能外出，她竟然一個字也不寫，她說：「完全沒有靈感，我不會寫。」

難道，她是被外出給制約了嗎？我不知道。

我喜歡安靜，在安靜裡讀書、畫圖、聽音樂，做家事……都很開心。即使什麼都不做，也是歡喜的。

有時候，我也在安靜裡，將遠方的朋友一一思念過，真想知道：他們都過得好嗎？事事順遂嗎？什麼時候，我們還能把臂言歡呢？

天空無垠，當白雲悄然飄過我的窗前，它一定明白我曾有過的心事吧？

珍惜的心情

我們無法離群索居，難免會認識一些人，發生一些事。這些不同的人與事，有時帶給我們快樂，有時卻很哀傷。

然而，昨日畢竟已經成為過去，我願意記住溫暖，忘掉淚痕，其餘的就讓他們隨風而逝吧。

感謝昨日的人與事，無論是哀傷的歌或是歡喜的淚，是他們造就了今日的我。但是，人生的路，是不斷的往前行去。如果執意要停下腳步，我們將感受不到屬於今天的晴雨，也遇不到新的人與事，不是很可惜嗎？

帶著珍惜的心情，我們對昨日感恩，對明日憧憬，只有今天，切實在我們的手中，可以學習、創造、力求進步，多麼彌足珍貴。

以開朗的心情過生活

能以開朗的心情過生活，會是一種美好。

我從來都相信：人在做，天在看。

我的好朋友則全然不接受。她說，「倘若，善有善報，惡有惡報，我以為，這一切都太渺茫了。」

我想，或許，有些事情是一時說不清楚的，或許曲折離奇，或許另有隱情，或許委屈不平；然而，心中事，百轉千迴，總說不明白。那麼，如果這樣，就交給上天吧。

上天，是個更高的主宰。至於我們都太微渺了，我不太願意操這樣的心，其實，也是力所不及。

人到中年，明白個人力量的有限。有時候，我們也會遇到力有不逮，或者徬徨無告的時刻，這時候，唯有毫不動搖的信念足以支撐我們。

遇見困頓或不幸時，有人願意把自己交託出去，如信仰，如高遠的理想，讓心中不再有怨。又可以平心靜氣的過著屬於自己的生活，持續的走向該走的路途。能如此，何嘗不是一種幸福？

每一分的努力付出，每一寸的堅定步履，上天都知道。我願意相信：總有一天，會還給了你一個公道。

所以，無須心懷怨懟，曾經流汗流淚學習得來的種種以及辛勤走過的艱難路，都不會只是一場枉然。

這樣想，讓我們感到寬心和安慰。

懷抱著開朗的心情過生活，我覺得快樂了許多。

走吧，走吧

走吧，走吧，尤其是在我情緒低落的時候。

當一個人心情黯淡時，能做什麼呢？

有人去逛街，死命刷卡，簡直跟錢過不去。開心了嗎？也沒有。倒是買了許多有欠考慮的東西，越想越後悔。有人去跳舞、跑夜店、喝酒，在衣香鬢影中，覺得快樂了嗎？也沒有。清醒後，更加倍感到空虛和落寞。想那些萍水相逢的人，哪裡會是人生路上的知己呢？一拍兩散後，連對方的面目都無從記憶，只餘下一片模糊……

我只是走路，也只愛走路。走過一條又一條的街道，有通衢大道，也有尋常巷弄，各有特色和迷人之處。我看路樹，看風景，看不同的商店櫥窗，也看從我身旁匆匆行過的人們。我走累了，就回家。不花錢，卻也達到運動的效果。健身，也帶來了好心情。

每個人都有自己不同的方式。

在我，就是走吧，走吧。一個人努力的走，認真的走，走多了，走久了，竟然真的走出了平靜的心情，更始料未及的，走出了健康。

一條小河

一條小河，流過鄉村，流過原野，美麗了整個大自然。

小河潺湲，蜿蜒而過，流經了許多地方，有高聳的山，也有低窪的谷。只要有水的地方，都屬於它的流域。我好想問：能不能也帶著我的殷殷情意，行經我心愛人的窗前，告訴他，我濃郁的思念呢？

春夏秋冬，在河的兩岸，不斷的更換著屬於季節不同的風景。有時草木勃發，生機盎然。有時花團錦簇，看不完的繽紛。有時花葉離枝，令人感傷。有時風雪沉埋，一片冷寂……

原來，世事是變動不居的，並沒有所謂的永恆。歡樂有時，哀傷有時，繁華有時，衰敗有時。明白了這個道理，活在當下，才是至理。

或許，在每個人的心中都有一條小河，也曾日夜不停的潺潺流過數不清的歲月吧。

心中的小河潺潺流過，它不曾說話，卻給了我們許多無言的啟發，也豐富了我們的心靈和人生。

所有的季節都是春天

一年有四季，依循著節令而走，我們歷經春夏秋冬，一如人生路上的離合悲歡，有多少歡喜的淚和哀傷的歌。

我告訴自己：不論四季如何運行，在我的內心，我要把所有的季節都過成春天。春天是希望的、美麗的、生機盎然的、值得期待的。

生命不也是應該這樣嗎？不論有多少橫逆挫敗橫阻眼前，請擦去淚水，勇敢堅定的前行。

「當你真心渴望，整個宇宙都會聯合起來幫助你。」自助，而後天助。從來都是如此。

我常無法忍受那些遇事就大肆抱怨的人。從不作自我反省，卻只會怨天尤人。這樣的不快樂，難道不是讓人生只剩下寒冬，卻永遠盼不到春天，根本就與春天絕緣了？

那等不到春天來臨的生命，何其蕭索酷寒，然而，追根究柢，不也是自己造成的嗎？

那麼，就從自己開始吧，存好心，更要與人為善，凡事感恩。能做到這樣，春天已經悄然停駐，和你一起。

是的，只要有心，所有的季節都是春天。

讀詩歌，消溽暑

我最怕火傘高張的夏天了，熱浪無所不在，真讓人無處可以躲藏。

怎麼避暑呢？吃冰，涼一時。游泳，涼半天。……

我怎麼辦？去讀詩歌。

不讀大塊文章，字好多，記性早已不如從前了，就怕讀了後面忘了前面，那豈不是太費神了嗎？讀詞，有多少委婉曲折上我心頭，無法忘懷，也太費心了。我想，還是讀詩就好。短短幾行，精煉無比，讀一讀，背一背，喝口茶，吃零食，快樂何如！就算是古詩，長了一些，但因為有押韻，讀來有如流水行雲，澆我心中塊壘。多麼慶幸我們是喜愛詩歌的民族，好詩車載斗量，難以計數，不愁沒有好詩來讀呢。真是太好了。

讀來讀去，開心無比。心中寧靜，頓覺清涼。莫非「心靜自然涼」是得自於此？若沒有詩歌，還不知如何消此溽暑。

先讀唐詩吧，因為最為膾炙人口。加以清代乾隆年間蘅塘退士孫洙選編的版本，的確有精到之處，是極佳的選本。其次，就選自己喜歡的讀吧。《詩經》也好，《古詩十九首》也行，或者是宋詩、明清詩。要不然，現代詩也無妨，喜歡就好，無須顧慮太多。

我喜歡拉長聲音加以吟詠，更能體會出詩的音韻之美好，境界之高遠，心領神會之餘，彷彿連日子也變得晶瑩美麗了起來。

不再覺得溽暑難過，炎熱難捱。

原來，是因為美好的詩歌讓我沉迷其間，注意力隨之轉移，也就不覺得暑氣有多麼難耐了。

真好，大家一起來讀詩吧。

美麗的回報

上天以雨露滋養了大地，大地則以鮮妍的花朵作為報答。

這是何其美麗的回報！

如此的給予和報答，成就了天地間絕美的佳話。縱使無言，也的確深深感動了我。

你看，每一朵綻放的花朵，都像微笑，那是對上天的讚頌。

當別人給予善意，你又是如何回應的呢？

如鏡之觀照？善意的回應也必然是善意。

想想看，上天有好生之德，在塵世的我們承領如此多，又該如何報答？

我從來認真的工作，不敢有須臾的懈怠。我努力與人為善，不敢稍有遲疑。我存好心、說好話、做好人，我以為，那都是作為人基本的要求。

我也經常微笑，對自己所遇見的每一個人。無論識與不識，我都樂意釋出心中的善意。當我行走人間，我但願自己也像是大地上一朵綻放的美麗花朵。

留住美好

你是否老是對別人抱怨不滿，心中憤恨，以為全世界都辜負了自己？

其實，會不會是自己貪得無厭，一意妄求更多？

如果我們不懂得珍惜，人生恐怕是不會快樂的。

當我走在戶外，看見花朵以笑靨迎我，整個世界彷彿變得更美麗了。

我的心，也因此帶著花朵繽紛的顏彩，飛翔在藍天白雲之間，自在逍遙。

就在此刻，面對著大自然的美，我跟自己說：對世俗的煩惱，還有什麼不能放下的呢？如果不能放下，難道不是因為內心的執著太深了嗎？無法忘懷，其實是源於自己不肯忘記。

我們當以歡喜的心情，珍惜世間所有的美，一棵樹，一朵花，一片流雲，一抹寬容的微笑……

因為珍惜，所以留住美好。在記憶裡，永不磨滅。

秋天的落葉

就像一棵樹，如果在春天時開花，那麼到了秋天，難免會有隨風紛紛飄下的落葉。

有一天早上，我游完泳，在中山北路等著搭公車回家。公車一直沒來，我也就一直等著。

我看到有人正在清掃街道，好認真，連樹叢之間、隙縫裡的落葉也一一揀拾出來。我望著路旁的臺灣楓香，樹很漂亮，落葉也很多，原來，我們整潔的市容，是由於有人如此努力勤加維護，真叫人感激。

我們的心頭也會有落葉吧。那些消極的想法、負面的思考，如：灰心、絕望、失敗、放棄、悲觀……都像落葉，真該一一掃去。不要讓它們繼續留在心中，以免影響了我們未來的人生。

秋天時，地上的落葉要掃乾淨，心頭的落葉更要記得仔細掃去。

你掃了嗎？

當你笑著

當你笑著，你會發現：世界多麼美麗。

流淚時，你從來不曾感覺到外界的種種好。「淚眼問花花不語」，總是這樣的。在移情作用下，灰心時，我們只覺得整個宇宙處處黯淡，了無生趣。

既然這樣，我們更要時時綻放笑顏。當我們笑著，花開蝶舞，人間多的是美景和歡樂。

所以，要經常微笑。歡喜時微笑，是一種分享，讓別人感染你心中的甜蜜。憂傷時更要微笑，鼓舞自己勇敢前行。

真的，當你笑著，全世界也跟著笑了。

做快樂的自己

做快樂的自己，首先要善待自己。

如何善待呢？不要老是過於苛求。我們不過是平凡的人，偶爾也會說錯話，做錯事，甚至出糗，鬧個大笑話。可是有什麼關係呢？反省過，願意改正，下回要小心一些，這樣不就夠了。哪裡需要老是耿耿於懷，不肯原諒自己呢？

不必這樣吧。倘若是別人如此，我們也覺得都是小事，不會放在心上，甚至根本就忘記了，何獨對自己這般苛刻？有必要嗎？

還是放寬胸懷吧。你看，天空中的雲來雲去，不也早就告訴了我們：一切都是變動不居的，世事無常，只要活在當下就好。

願你也做快樂的自己。

心放開了，一切也就過去了

我們常為執著所苦。

常想要盡一切的努力，解開那個糾纏已久的結；可是我們總是失敗，沮喪的情緒因此包圍，越想解決越是不能。多麼讓人束手無策。

暫且放開吧。

喝杯茶、散散步，聽了一個下午的音樂，然後再來面對難題，不知怎麼的，輕易就解決了呢。

原來，心放開了，一切也就過去了。

人生中出現的那些糾結，說錯的話，做錯的事，看錯的人……只要我們不在意，就讓它們存放在過去吧。不必時時想起，更不需要縈繞於心，就像昨日的風，往昔的雨，跟今天的你又有什麼關係呢？

我們更應關注的是此刻的自己、未來的前程。

把心放開吧，你看，一切不也就過去了？

內心的療癒

如果你的心受傷，又是如何得到療癒的呢？

世事這般紛紜，人生的路崎嶇而又漫長，「一帆風順」是一句祝福的話語，哪裡能信以為真呢？遭遇挫折困頓，誰都難以逃躲。

我聽見你哀哀哭泣，不解的問：「為什麼我最不幸？」

其實，你從來就不是最不幸的一個。別人的遭遇不幸，只是不說而已，或者他人的苦難，你未必全然知曉罷了。

上天從來都是公平的，每個人的負荷大抵也都差不多。這裡輕一些，那裡便重一些。那邊若雲淡風輕，這邊可能艱難困苦。

人生的路自己走，哪裡需要事事跟他人去計較？反而應該積極尋求自己內在的強大。努力學習，要在軟弱處剛強。心如果能得到療癒，壯大才有可能。

內心如何得到療癒呢？省思可以，豁達可以，大自然的撫慰和啟發也可以……

智慧和美都對我們的療傷止痛大有助益。

更重要的是力行，坐而言哪及起而行？

與其沮喪抱怨，不如認真行動。

寬容似天空

我希望，我的心有足夠的寬容，就像天空一樣。

年少的時候，我們只看見自己，頂多及於周遭的家人和同學，其他都離我們有一點遠，我們無法顧及那麼多。

我們長大，讀書，學習，知識讓我們壯大，更讓我們學會謙卑，才知「人外有人，天外有天」。也開始明白，只有大家好，才能你好、我好。

於是，我們關心的範圍擴大了，除了家人、同學，還有更多的朋友，以及朋友的朋友等等。

我們懂得寬容和分享，此後，我們的世界變大了，心也寬闊多了。

我常想起「宰相肚裡能撐船」的話語。成大事的人，要能識人，更要能用人。人才如何能為自己所用呢？要像伯樂的識得千里馬，更要推心置腹，容得下對方的缺點。說來容易，做起來艱難。畢竟有大成就的人還是鳳毛麟角。

天空能讓雲朵來來去去，悠然自得。每當我望向天空，我但願我的心能像天空一樣的寬廣。多有包容，也才是真正的寬闊無邊。

心的歸向

心將歸向何方？我但願是真善美。

因為，真善美是最高的標的，最值得崇仰的所在。當我們的心能夠如此歸向，言行必然有所規範，可以動靜皆宜，毫不踰矩。

人往高處爬，水往低處流。心，更應崇尚高潔，有所為也有所不為。否則，隨波逐流，不只失去意義，只怕就要向下沉淪了。

你願意得過且過，如此虛度一生嗎？

我不願意這樣。

總以為，人生是一趟長遠的旅行，好風好水好人情；而我的回報是，盡一己之力，認真學習和無私奉獻。只希望，在我離去時，它能變得更好。

這樣的願望，已經須要盡其在我了。

心中懷抱著一個美好的願望前行，也讓屬於我的日子更加的充實有味。

值得感謝

有時候，我們憤怒、不滿、抱怨，心中的委屈讓我們的壞情緒一觸即發。的確，我們有權利明白表示自己內心的感覺。

只是，你想過嗎？更多的時候，甚至絕大多數的時候，其實，我們總是領受了別人的善意和提供的便捷，只是習焉不察，不曾放在心上。

我們丟出的垃圾，有人幫忙清運，於是保持了市容的整潔，讓我們所居住的城市有如美麗的公園。有許多跟健康有關的設施，讓我們得以益壽延年，有各種藝文活動，可以觀賞和參與；加以圖書館裡琳瑯滿目的書籍，隨手可以取閱和借出，更在在豐美了我們的心靈。

我們打開水龍頭，水就自來。我們按下開關，燈就亮起，還有各式各樣的電器用品，讓我們的生活更為舒適與便利。電視提供了優質的節目，讓我們又哭又笑，還能獲得新知，得到更多的感悟。當我們搭乘捷運和公車，四通八達的運輸系統，快速而安全的帶著我們到達他方……
我們不也是活在幸福和幸運裡？難道不心懷感謝嗎？

高高的椰子樹

讀中學時，校門口都有兩排高大的椰子樹，留給我們十分深刻的印象，會不會那是南臺灣的特色呢？

在我們的眼裡，椰子樹都好高啊，或許是因為那時候我們還年少。歲月仍在一旁等著我們長大，眼前有大把的時光真不知還如何揮霍？總以為那椰子樹幾乎高與天等齊，一定可以看得更高更遠吧？雲朵會告訴他更多來自遠方的訊息和祕密嗎？

我們的心也比天高，可是，明星學校的課業沉重，壓得我們喘不過氣來，除非畢業，除非上大學，我們的生活才有可能變得繽紛美麗吧？然而，未來仍在遙遠的他方，彷彿隔著崇山峻嶺、隔著急湍水流。

夏天時，臺南的天氣好熱，整個人昏沉沉的，真想找個海灘避暑去。就像夏威夷那樣，有海風吹來清涼。每到夏天時，我的好朋友總是跟我說：「只想躲到水裡去，不要起來。」可見酷熱的逼人，真是威力無窮。

椰子樹高聳，黃昏時，尤其迷人。整排的椰子樹，靜靜的站著，領會晚霞的迷人，他們也會在私底下商量哪一方雲霞更美嗎？

高高的椰子樹像一個守望者，守望著歲月的流轉，日去月來，一轉眼，我們也都長大了，奔赴遠方，去圓自己心中的夢。

再回臺南，已經過了數十寒暑，帶著疲累的心，青春的顏彩已逝，中年的心情更與何人說？

唯有校門口的椰子樹依舊挺拔直立，它曾經看著我們青春煥發，如今也看著我們兩鬢微霜，往後呢？「樹見行人幾番老」，果真如是。

回歸寧靜的生活

我的人生旅程過了大半，顯然餘日已經不多，不願意做太多的浪費，「至少，」我跟自己說，「希望能做到，非禮勿視、非禮勿聽、非禮勿言、非禮勿動。」

有人告訴我：有個知名的詩人平日是不看電視、不看報紙、不聽新聞，朋友來，也絕口不說政治、不談社會亂象。

我很驚奇：「怎麼可能做到這樣？朋友來聊天，難免會談及啊。」

「那樣的朋友，恐怕是不來往的。」

詩人有八十多歲了吧，想過幾年清靜的日子，也是說得過去的。

真的，不必把時間浪費在毫無意義的事上。有太多的事是你無能為力的。別人胡言亂語，你能讓他閉嘴嗎？小燈泡白白犧牲了，誰能怎樣替她打抱不平呢？……

世界的舞臺是年輕人的，如果道德沉淪，是非不明，公平正義已死，難道家庭、學校和社會都沒有責任嗎？

我但願回歸寧靜的生活，年輕時我已經很努力了，自認對得起所有愛護過我的人。如今讀一點書，做一點自己喜歡的事，再看一看夕陽的美麗吧。

小小心願，大大祝福

我常想：人生的終極追求是什麼呢？

當富貴像浮雲一般的在我們眼前遠去，飄杳無蹤影；當歲月如飛的逝去，一刻也不肯停留，我們幾乎是什麼都抓不住的。那麼，在這看似漫長，實則短暫的人生中，你的追求又是什麼呢？

一個崇高的理想嗎？一個甜蜜的家庭嗎？千秋的大業？不朽的名聲？……

其實都可以的，只要你真心想望，只要有益於社會國家。如果你能達成，也的確可喜可賀，全世界都會為你而歡呼。

那麼，我呢？

當世間的繁華落盡，快樂和幸福或許才是最私心嚮往的吧。

這看起來平淡、平凡，卻也需要經之營之，傾以無數的心力。如果能得如此，那麼此生又何憾？

縱使不能至，心嚮往之。

不只祝福我自己，也祝福他人，甚至天下人，都能共享快樂和幸福的氛圍與滋味。

這是我小小的心願，卻也是大大的祝福。

Part 2

生活高低音

靜靜的聆聽風鈴的清音，

也看白雲悠緩的行過我的窗前。

原來，生活也像一首歌，

串串繽紛的音符流淌過我的心田，都是祝福。

心語錄

其實，錯過或不錯過，只怕也是一種命定。
緣分無可解說，卻也可能存在，只在你的信與不信。

靜靜的聆聽風鈴的清音，也看白雲悠緩的行過我的窗前。原來，生活也像一首歌，串串繽紛的音符流淌過我的心田，都是祝福。

什麼叫做「永恆」呢？我想，只要把握當下，那幸福的一刻，恬美的記憶，不就是永恆嗎？

你有很愛而可以愛的人嗎？那麼，就前往陪伴吧。不必等待往後了，人生如此無常，請不要讓等待成空。如果竟然成了生命中的憾恨，再來後悔，不也嫌太遲了嗎？

當愛已成往事，一切的過往，甜蜜的，憂傷的，也都成為稍縱即逝的雲煙了。雲煙不能久留。道理顯而易見。你是不懂？還是全然不肯信呢？如果，還要對著雲煙作美麗的想像，這和海市蜃樓又有什麼不同？一切不過如同夢幻泡影，終究只是一場虛空。

今生，我們所有因閱讀而得到的知識和由於學習而取得的經驗，都貯存在我們的腦海裡，成為言行舉止的依歸，甚至有的還逐漸成為骨血，造就自己成為更好的人，旁人又哪裡奪得去呢？豐厚的內在，讓我們勇敢堅毅，足以對抗塵世的風寒和種種困難險阻。

就像是萍和水的相逢，在風的助力下，今日緊緊相依，明日則遙遙相望，再後來就相互不見了蹤影。那是由於彼此有不同的方向和道路要走，隨著歲月的流逝，雙方逐漸拉長了距離，終至淡忘、遺忘。如果沒有交集，顯然和自己的人生路無關，和心靈的距離更是遙遠，那麼，放下，就可以了。

如果一個人的內心夠豐厚，總會有力量來對抗外界的諸多橫逆。倘若這樣，那麼對年老病弱，甚至死亡，便也無須恐懼。

有一天，縱使我們年老，因著內心的豐厚，也能篤定的面對人生的黃昏，甚至生命中的最後一哩路，智慧將足以應對一切。

什麼叫做幸福呢？你曾經仔細想過嗎？我以為：有一份自己喜歡的工作，有愛我也為我所愛的人，有一個值得奔赴的理想，就是幸福了。

一個人如果能依著信心而行，存著盼望守候，懷著愛心表達，那麼，人生也必然是豐富而美好的。

你是哪一種花？

你是一個怎樣的人？能不能拿一種花來形容？

一日，我讀《小窗幽記》讀到：「幽心人似梅花，韻心士同楊柳。」說的是：隱逸的人像梅花一樣的高潔，風雅的人像楊柳一樣的瀟灑飄逸。

如此以物喻人，顯得十分有趣。

那麼，你是怎樣的人？又像哪一種花呢？

十多年以前，我曾經有個讀書會。與會的門檻很高，必須是作家，而且要交出作業，大家一起討論。

每次，臨散會前都要出題。那是帶回家寫的功課。

有一次，我說：要寫一個人，還要寫一種花，而人和花是有關聯的。題目自訂。

也許，你會質疑，說得這麼含糊，怎麼寫？

對作家來說，習於觸類旁通，想法天馬行空，卻都別具創意。如果說得太明晰

了，恐怕會讓思維受到限制，反而不美。模糊一點，想像和發揮的空間就會變得更大，佳作常由此產生。何況，與會的作家個個能寫，哪裡會有被難倒的可能？

果然，交出來的作品篇篇精采，讓人擊節歎賞，後來也都相繼發表在各報的副刊上。

你呢？你有沒有興趣，也來試寫一篇，就從自己開始？

真真假假，假假真真

在我的眼中，沙漠玫瑰是一種奇特的花。

那時候，在我們辦公大樓的走廊上就擺了好幾盆沙漠玫瑰，季節到了，也都開了花。每回我經過，常能看到她的身影。花是粉紅色的，卻鑲著深紅色的邊，我怎麼看，都覺得她假假的。

怎麼會這樣呢？

如今市面上販售的塑膠花，色澤和花形的自然美麗幾可亂真，還有露珠在上頭呢！當然也是假的啦。

然而，這真花似假，假花卻似真，怎麼不令人感到錯亂和不解？

或許，這本來就是一個混淆的年代，價值、觀念尤其是，並不只限於自然界的花花草草了。

真的是這樣嗎？想到此，我的心情頓時沉重了起來。

一棵樹

一棵樹站在大地之上。

白天時，它看見陽光底下，匆忙走過的人們。有的上班，有的上學，有的外出處理各種事情，有的約會，有的去運動、去看電影。……每個人都有各自的目標、希望和夢想。陽光，讓一切煥發出光彩來，這是一個充滿了活力的城市。

夜晚時，它看見月光中朦朧的世界。上夜班的人還在工作，服務業仍然燈火通明，人來人往，夜店舞廳好熱鬧，一派歌舞昇平。也有那孜孜矻矻的人依舊夙夜匪懈，或讀書或研究或實驗，不同的人有不同的夜晚生活。

而那棵樹呢？看多了浮世繪，那些離合悲歡，真的能不起漣漪嗎？

樹若有情，只怕樹也會老吧。

越冷越精神

我喜歡臺灣的冬天，越冷越精神，即使寒流來也不怕。終於可以遠遠的告別熱不可擋的酷暑了，在我，簡直是天大的佳音。

在冬天時，我可以做很多事，看書，寫稿，散步，運動，和朋友們會面餐敘……做什麼都開心，即使不做什麼也歡喜。

我比較不怕冷，加件外套圍圍巾就萬無一失了。冷？我從來不放在心上。冬日時，我可以到處閒閒走走，看雲朵的飄過天空，毫無罣礙；看綠樹的挺立不拔，堅強勇敢。再不必擔心豔陽肆虐，讓人汗流浹背。即使我工作了一整天，也不會覺得勞累。

我心中慶幸的是，夏天終於過去了。再也不必和酷暑作戰，更不必因為汗涔涔而讓自己狼狽不堪。雖然說，盛夏時可以吹冷氣，讓自己感覺不那麼熱，可是到底違反自然，也未必舒服。

還是冬天好，極少有颱風來襲，無須擔心。更不會有大太陽，讓人躲之不及。

我愛冬天，外出或不外出，動態或靜態，我都甘之如飴，連工作的效率都提高了很多。原來，冬天才是屬於我的季節。

越冷越精神，說不定我的前世就是路旁的一棵松，或嶺上的一株梅，誰知道呢？

薄荷

薄荷是香草的一種，可以入菜，也可以泡茶。

有一天，我的鄰居朋友摘了許多連著枝梗的薄荷葉來，還不嫌麻煩，幫我一一將它種在前陽臺的土裡。

她說，「不久以後，也許，妳就可以喝薄荷茶了。」

不久以後，那些植栽都不見了，薄荷茶也只能在夢中喝了。

我可是乖乖的澆水，每日不敢忘。也或許，那陣子的天氣忽晴忽雨忽熱忽寒，最難將息。連那些薄荷都受不了，於是，紛紛「魂歸離恨天」了。

有一日，我在朋友的臉書上，看到她家的薄荷，真是繁盛茂密，美不勝收。心中大為驚奇，覺得簡直是不可思議。

看來，薄荷也要選到「好人家」，才能有此盛況，要不，所託非人，恐怕下場也是淒涼的。

傘

傘，是開在灰濛濛雨天裡最為繽紛美麗的花。

在我小時候，撐陽傘的人比較少，總是在下雨天時，就可以看到傘的大量出籠。不過，仍以黑傘居多，著重在它的實用性高，專為擋雨用的。曾幾何時，有各類折傘的出現，顏彩更是琳瑯滿目，美不勝收。

我想，那是在臺灣經濟起飛以後了。

如今的傘，不只是實用，更講究輕巧、美觀和耐用並具。

我還記得讀書的時候，我們班的氣質美女就有一把透明傘，傘的邊沿還有一朵紅玫瑰的圖案，佳人和美傘真是相得益彰。

很快的，美麗的傘到處都是。遮陽的、擋雨的，大大小小，各式各樣，不一而足。

我有一個好朋友經常掉傘，不勝其煩，後來反而都改用便宜的傘，以免掉了，心中捨不得。但是，由於她的品味超好，即使用的不過是一般廉價的傘，也都很美。

我常送各種小禮物給朋友們，只有傘和扇子不送，就怕一語成讖，弄得好朋友都散了呢。

陶杯

平日你常用怎樣的杯子呢？

杯子也有百百種，大小不一，陶杯、磁杯各有各的好，花色更是大異其趣，繽紛美麗，任君選擇。

那年，朋友特地燒了一只陶杯送我，杯身上還有我的名字琹涵。

剛獲贈時，我常拿起陶杯來仔細的瞧，草綠色，有一種溫潤的光澤，名字則是白色，頗為簡潔而且不俗。

其實，我一直不曾拿它來喝茶，到後來，我反而把陶杯收起來了。它被放在一個木盒子裡，盒子上還有漂亮的緞帶。我想，那是一份令人珍惜的禮物，我還是讓它成為紀念品吧。

剛開始時，我的確很害羞，老覺得琹涵的名字在上頭，太招搖了，也就沒有想要用它。後來，又怕不小心時失手打破了杯子，那不是太可惜了嗎？

幾十年都過去了，陶杯如新。

偶爾我拿起陶杯來瞧瞧，想起那個送陶杯的朋友，真心希望他們一家人都過得好。平安喜樂，是我的祝福。

緣分是一本書

我喜歡閱讀，也發現有很多人拿書來做各式各樣的比喻，如人生，如時光，如旅行等等，都很有意思。

也有人是這麼說緣分的：「緣分是一本書，翻得不經意會錯過，讀得太認真會流淚。」你覺得呢？

說這話的人，恐怕是太多情了。在這個粗糙的人世，多情是苦。

可是，我有多麼喜歡這句話！很多年前，是我的好朋友先讀到，趕緊在電話裡說給我聽。我想，經歷過許多的紅塵悲歡，對這樣的一句話，我們都是深有感觸的吧？

如果相逢是有緣，那麼，珍惜是必須。緣至則聚，這我們懂。緣盡則散，我們不肯接受。我們的痛苦，來自不願放手，死命的巴著，歹戲拖棚，真給拖成了一場悲劇或鬧劇，不論哭哭啼啼或怒目相視，全都無法挽回遠離的心，至於原本的情分也早就蕩然無存了。

我常想：我到底是怎麼來看待緣分的呢？

或許，對的人必須在對的時刻出現，否則，恐怕會是一場辜負。如果堅持一意孤行，扭轉乾坤也未必完全不可能，只是高昂的代價不是人人付得起的。縱使美夢成真，往後的歲月果然稱心快意嗎？答案在風裡，隨之四散，難以尋覓蹤跡。

其實，錯過或不錯過，只怕也是一種命定。

緣分無可解說，卻也可能存在，只在你的信與不信。

因為我喜歡

我的身體從小就很弱，那天，醫生卻跟我說：「可以保持到現在這樣，已經很好了。」

對我，這是一個意外的稱讚。

我說：「也許，是因為我的工作簡單，生活也很簡單。」

醫生居然說：「我的生活也很簡單。」不曉得是什麼意思呢。

其實，醫生哪會簡單？生活和工作也太辛苦了。

我安於我曾經是個老師，雖然所得很少，然而，因為我喜歡，我覺得有意義，也讓我的人生變得很有價值。

想想看，孩子生病時，去看醫生，醫生接觸到的是一個愁眉苦臉的孩子；當他健康時，他到學校讀書，給了我一個微笑的臉，多麼有意思。

成為一個老師，是我今生不悔的選擇。

簡單面對

遇見事情，我喜歡簡單的處理。我後來發現這也不失為一種方法。

簡單可以駕馭繁複，可是一個人如果變得繁複了，卻很難重回起始的簡單。這麼說來，簡單反而是珍貴的。

我不肯說謊，因為說謊太麻煩，為了掩飾，隨之而來的是更多的謊言，永無止盡。我說真話，真話簡單，不會有穿幫之虞，也讓我的日子過得輕鬆自在，我也覺得很好。

有一天，幫我推拿的師傅跟我說：「事情如果可以簡單，就不要往複雜去做。複雜不必要，也不見得好。」

我很驚奇，原來在推拿的世界裡也是這樣。

我經常簡單面對，固然是由於我本來就簡單，也喜歡這樣。這也讓我的生活單純許多。

說不定，朋友們喜歡我，也是因為我簡單，不具有威脅，相處起來就覺得輕鬆多了。

工作的場所

有時候，工作的場所也充滿了你爭我奪，有人出言不遜，有人哭哭啼啼，紛爭也不曾少過。

你總不會以為，工作的地方會和諧安樂有如桃花源吧？哪裡能有那麼高的冀望和期待呢？

遇到紛爭時，要保持冷靜。千萬不要亂了分寸，舌劍脣槍，只是讓旁人看笑話罷了。能忍則忍，理性處理，才是更好的態度。

想把事做好，先要把人做好。如果做人沒有問題，事情的繁雜也就迎刃而解了。做事雖難，做人更難。

我們學做人，就是為了做事。能為別人設想，有同理心，謙虛、忠厚、誠懇、寬闊、體諒，日久見人心，人際關係必然可以獲得改善。能尊重、適應和配合，想做的事怎麼可能不順利呢？

常要反省自己，如果沒有錯，就請放下吧。

跟醫生聊天

那天，進入醫生的診間，由於後來身體並沒有大礙，於是，便趁此次機會和醫生聊聊天。

也許，是因為很久以前，我曾經跟醫生一起工作過，那樣的機緣難得也很有趣，基本上，我比較不怕醫生。

醫生的工作太累，壓力也太大，反而更加需要一些休閒。在我認識的醫生朋友裡，有的打網球，有的游泳，有的聽古典音樂，有的迷攝影，有的熱心公益，有的虔誠信主……各有千秋，相信都各自得到了紓壓的好效果。

那麼，他呢？

他說，他讀古書。

還是很厲害的。

然後，他追問我的《慢讀元曲》，我其實也喜歡元曲，因為酣暢淋漓，顯現了真性情，沒有矯揉造作，讀起來，痛快許多。
可惜，我再見他的機會不知會在遙遠的哪一天，要不，也可以帶一本去送他。

生活裡的真滋味

出國旅行時，我常喜歡去逛市場。

市場是庶民生活的映現，有餐桌上的各種食材。我常很有興味的東張西望。有些蔬果跟我們的很不一樣，有的特別壯碩，有的十分細長，還有那不同顏色的，甚至奇形異狀，還真不知該如何烹調呢？水果更是五花八門，居然還有香蕉是炸來吃的。

我好想認識當地的朋友，因為能如此，更有機會品嘗不同於我們的飲食滋味。

不同的食物烹調，背後是相異的歷史文化。

原來，文化不一定是在高高的殿堂，只能讓人仰望。它也融入在尋常生活之中，俯拾即是。

不同的國度，都有各自的生活習性，從居家飲食也可略窺一二。
所有的文化都應該得到尊重，飲食也是一樣，即使相互之間的差異很大。

忙人時間多

忙人時間多？

有些人真是夠忙的，日理萬機，簡直不得空。可是，正因為忙，所以，他們的時間管理做得非常好，效率高，更能有餘暇做其他的事。例如，公益事業，願意安慰和鼓舞他人和親朋好友餐敘等等。

真是了不起，足以為楷模。

我也常看到那些整天大叫：「我好忙好忙。」仔細觀察到底做出什麼大事來？其實也不過只是尋常生活而已。

老是要說自己很忙卻毫無成績可言，又是怎麼一回事呢？

到底是工作績效差？只是嘴上忙？或者根本就是另外一個「羅亭」？光說不練的。

唉，我閉上嘴，還是奉行「沉默是金」的好。

誠實面對

人生有很多困難的關卡。問題是，你曾經認真想要度過難關嗎？度過難關，首先要面對，而面對需要勇氣。

有個朋友欠了一大堆卡債，更可怕的是越滾越多，根本無力償還。後來，他聽從家人的苦苦相勸，跟銀行進行協商，只還部分。每個月以一定的金額逐步清償，終於解套。

誠實面對，還是最好的方法。要不然，躲起來，又能躲到幾時呢？債多，還是要愁的。

無債一身輕，能抬頭挺胸的做人，多麼快樂。

清音如歌

在一個安靜的午後，我看著窗外，有白雲從天邊緩緩的走過，輕風拂面而來，簷前的風鈴叮噹作響，像歌一般。

突然覺得，自己能享有這樣一個安寧的午後，沒有任何世俗的紛擾，又是一件多麼幸福的事！

表面看來無所事事，其實，由於心頭一無罣礙，於是，做什麼都好，甚至什麼都不做也好。日日都是好日，真的。

於是，我就安靜的坐著，坐在這個美好的午後裡。靜靜的聆聽風鈴的清音，也看白雲悠緩的行過我的窗前。原來，我們的生活也可以像一首歌，串串繽紛的音符流淌過我的心田，都是祝福。

什麼叫做「永恆」呢？我想，只要把握當下，那幸福的一刻，恬美的記憶，不就是永恆嗎？

不留遺憾

不留遺憾？

面對著鑿痕處處的人生，想要真能不留下遺憾，我以為，又哪裡會是容易的事呢？

如果真要想方設法，也未必全然不可行。活在當下，或許是良策。

你有喜歡的食物嗎？那麼，就去吃吧。好好的享用美食，也是一種快樂。

你心中有願望嗎？那麼，就去實現吧。努力讓美夢成真，也是歡喜的事。

你有憧憬的美麗風景嗎？那麼，就去欣賞吧。無論是在國內或國外，請走到風景之前，讓自己也融入其間，成為風景元素之一，而不是可望而不可即。

你有很愛而可以愛的人嗎？那麼，就前往陪伴吧。不必等待往後了，人生如此無常，請不要讓等待成空。如果竟然成了生命中的憾恨，再來後悔，不也嫌太遲了嗎？

但願能做到這樣，努力讓自己即知即行，活在當下，不給自己留下任何遺憾的可能！

害怕失去

我們常因得到而歡喜，卻也害怕失去的痛苦。

年少時，我有多麼恐懼失去。

搬家、轉學是我的噩夢，熟悉的人事物都不見了，眼前一片陌生，彷彿我的生命須要重新開始整合，去認識去了解去建立新的友誼……

對害羞的我來說，簡直是怕死了。

其實，我的個性溫和，友誼的建立和增進，並沒有我想像中的艱難。可是，這些事直到我長大以後，才真正清楚。

走過了生命的顛峰，衰敗緊接著來到。親人的逐一辭世，成住壞空都是無可逃躲的歷程，這人生的試煉也太多了，我常這麼感嘆著。然而，如果天有不測風雲，那麼，人有旦夕禍福，又何足驚怪呢？

慢慢的，我學會了平靜的接受。

心中沒有怨尤，一切都是上天的旨意。

相信失去，終究會教給我們更多，它轉換為另一種獲得。

如果，這是必然學習的歷程，那麼，就坦然面對吧。即使是失去，也不應過於害怕。

讓陽光進來

讓陽光進來，因著那樣的溫暖，我們逐漸忘卻了曾經有過的陰鬱和寒冷。

有些朋友實在不值得交往，可是我們偏偏遇上了，我們的真心相待，卻換來了對方的絕情。我們付出了無數的關心，竭盡所能的幫助對方；然而，有一天當我們遇到了困難，急需對方伸出援手，卻看到他掉頭不顧而去。

我們驚愕莫名，彷彿是被遺棄了。

那樣的感覺很糟。

我們更氣的是，難道不是自己太笨了嗎？為什麼要痴心妄想，以為對方會被感動？其實那極端自私的人，眼裡只有自己，關心的，也只是個人的利益。你要待他好，那是你願意，不關他的事，他從來不欠你。

我們真的是有眼無珠啊，多麼恨自己的無「識人之明」。

終究明白了「道不同，不相為謀」，早就該分道揚鑣了。

你走你的陽關道，我過我的獨木橋。連「再見」，都不必說了。
當我們「放下」，陽光才進得來，也才真正體會到陽光的亮麗和美好。

當愛已成往事

當時移事往，很多事情都會跟著改變，至於當年的愛憎，就留在從前吧。畢竟一切都過去了。

只有讓它徹底成為過去，不再記起，如此，雙方才能各自展開感情的新頁。如果老是牽繫不忘，只有苦了自己。既然邁不出新的步伐，也找不到更好的幸福。何必這樣呢？

當愛已成往事，那麼在安靜裡分手吧，就算療傷止痛，也需要時間。事實證明：唯有放下，才給了彼此更大的空間，更多回轉的餘地。那才是真正的釋然。

可嘆我們年少時恐怕無法了解這些，於是，老是苦苦的追問：「我有哪裡不好？」或「總要給我一個理由吧。」卻不知當愛已成往事，一切的過往，甜蜜的，憂傷的，也都成為稍縱即逝的雲煙了。

雲煙不能久留。道理顯而易見。你是不懂？還是全然不肯信呢？如果，還要對著雲煙作美麗的想像，這和海市蜃樓又有什麼不同？一切不過如同夢幻泡影，終究只是一場虛空。

不需要理由，也無須解釋，就此轉身離去，恐怕才是比較好的做法。在你，情或許深，實則，緣畢竟淺。

因為，你無法看得這麼透澈，所以，執著才帶來更多、更大的痛苦。

當愛已成往事，就請放下所有的執念吧，承認一切都成為過去了。我以為，這才是真正善待了自己。

面對著人生即將展開的新頁，無須躊躇遲疑，請繼續勇敢的前行，相信會有陽光俯照，微風輕拂，未來將會更好。

因著你相信，所以，將來也會心想事成，一切圓滿。

放下的智慧

放下，需要智慧。畢竟不是人人都做得到的。

她曾經在街道上行走時，被雙載的機車騎士當場搶了錢包。

事出突然，她簡直嚇壞了，全身發抖。

幸好，錢包裡的錢不多，沒有證件，所以，並沒有報警。

可是，她顯然忘不了，老在我面前說了又說，那條路再也不敢走了。

其實不需要這樣。只是錢包要小心收好，不讓歹徒有可趁之機；也別帶太貴氣的包包，以免被鎖定成為下手的目標。凡事謹慎，當能永保安康。

每當遇到時機不好，歹徒就會伺機而動，各種詐騙手法層出不窮，所以，審慎有必要。

一旦不幸發生了，請冷靜以對，接受它，處理過，就請放下吧，以還給自己清心自在的生活。

愛是陽光

他們夫婦都比較內向，然而，讀書的過程順利，工作上也算平順，並沒有遭遇太大的波折。

他們有一個女兒，也很安靜，不愛說話。他們想，「沒有關係，長大了就會好。」自己不也是這樣嗎？

然而，他們忽略了時空背景的不同，還有個別差異以及運氣。女兒在成長過程中，書讀得好，但是沒有朋友。進了明星高中以後，居然嚴重到不敢上學，畏懼人群，問題終於爆發了。

幸好沒有諱疾忌醫，帶去看心理醫生，吃藥。

可是，平日父母須要上班，無法陪伴，讓女兒一個人在家，長久下來，連生活作息也不規律。

這時候，有人陪伴和傾聽是很重要的，可以一起去散步，一起去曬太陽，最好是有個可以持續的運動和興趣，身體好了，人也會比較開朗。興趣則是心靈的寄託，不致一無依傍。

父母愛她，而愛是生命裡的陽光，可以帶來溫暖。

我以為，她只是一時的偏離，亡羊補牢，希望一切都還來得及。

如果沒有交集

認識那個人有一段時日了。開始時，常約著一起看電影、出去玩，後來卻漸行漸遠，不太有聯絡了。

她想：怎麼會這樣呢？我到底哪裡做錯了？

其實，她沒有做錯什麼。只是，後來他們沒有交集。

對於一個和自己沒有交集的人，並不需要花費太多的時間去思索。有時候，問題也未必是出在自己的身上，就像是萍和水的相逢，在風的助力下，今日緊緊相依，明日則遙遙相望，再後來就相互不見了蹤影。那是由於彼此有不同的方向和道路要走，隨著歲月的流逝，雙方逐漸拉長了距離，終至淡忘、遺忘。

如果沒有交集，顯然和自己的人生路無關，和心靈的距離更是遙遠，那麼，放下，就可以了。

有誰為你傷悲

好朋友說：「有一天，我們死了，這個世界上，有幾個人會為我們而傷悲？」

是的，浮生碌碌，人死，也不過有如燈滅，有誰為你傷悲？

只是，這個話題沉重，讓人難以負載。我開玩笑的說：「就找個人來擊盆而歌吧！」

「妳說得可輕鬆。」

「要不然，怎樣？」

其實，那時我們還年少，父母俱存，手足無恙，死亡距離我們都太遠了。彷彿是天上的星辰，遙遠而迷離。那時候，天真的我們哪裡想得到，歲月的流逝迅疾，轉眼之間，青春已逝，中年的心境一片蕭索。

多年以後，我和好朋友在Skype上談，網路的便捷，天涯也可以是咫尺。她說：「前年吧，我聽說妳骨折，心疼得不得了。」早些年她新婚時，曾因車禍摔裂了肩胛骨，骨傷所造成的疼痛和不便，她是清楚的。想到我得受這種種的苦楚，她非常的不捨。

她不知，在這頭的我聽聞此言，眼淚立刻飛飆而出，幾乎說不出話來。她不知，就在那時，我又再一次骨折了。感激她的真心相待，這樣的情誼也如手如足……

有誰為你傷悲？

在這個滾滾紅塵裡，只要有一個人真正疼惜你，記得你，便也值得了。

新年快樂

熱鬧的除夕圍爐終於結束，在「新年快樂」的祝福聲中，大家紛紛散去。

往昔的除夕我們在五星級飯店圍爐，好像是去喝喜酒的感覺。今年換了一家，小一點的，客人沒有那麼多，溫馨更增一些。

才剛回到家，就接到好朋友的電話，這一談竟然談到了半夜。問健康，問家人，談黃昏已近的心情，談逐漸凋零的長輩。

我說：「健康的崩毀，以我們想像不到的快速，養生和運動都有效，只是效果看來微小。」

好朋友也說，她小時候多麼善於騎單車，即使是羊腸小徑、田埂小路也都飛快騎得過去。現在呢？一有風吹草動就跳下車來。或許，已經沒有本事再繼續騎單車四處去了。

顯然，自信的不足，也來自健康的不如預期。

我們還是喜歡談書的，接著談某知名作家的十本典藏精選，我發現只有她五十歲時寫的那本不曾讀過，其他的全都耳熟能詳。又繼續談一百本影響華人世界的書。談書還是快樂的，書給了我們心靈的滋養，擁有更為美好的人生。

半夜了，我們又再說了一次「新年快樂」。

喜見朋友

很多年沒看到她了，認識她是因為我們曾經是泳友。

後來有一陣子，我們還常定期聚餐，我們一共有三個人，都是因為在同一個泳池游泳而結識。每次的餐點由她供應，還堅決不收我們的錢。

這怎麼好意思呢？

她卻說：「食材很便宜啦。而且我也只會這些。」她是家庭主婦。於是我們常領受她的美意。幾年以後，我們各有忙碌，聚餐因此喊停。

她的女兒們長大了，娘家爸爸老了，老爸常有病痛，需人照顧，後來就送到我家近處的養老院。

最近我買了《一群人的老後》，寫的是養老院的生活，想要送她一本。她如約來拿，卻又送了豆花、壽司和披薩，都是自己做的，真夠手巧了。

很高興看到她，稍微黑了一些，精神還是很不錯的。

願她日日安好。

如果內心夠豐厚

好朋友說了一場電影給我聽。

結論是：如果一個人的內心夠豐厚，總會有力量來對抗外界的諸多橫逆。

他說：「倘若這樣，那麼對年老病弱，甚至死亡，便也無須恐懼。」

說得很好，真是智慧之言。

今生，我們所有因閱讀而得到的知識和由學習而取得的經驗，都貯存在我們的腦海裡，成為言行舉止的依歸，甚至有的還逐漸成為骨血，造就自己成為更好的人。旁人又哪裡奪得去呢？豐厚的內在，讓我們勇敢堅毅，足以對抗塵世的風寒和種種困難險阻。

有一天，縱使我們年老，因著內心的豐厚，也能篤定的面對人生的黃昏，甚至生命中的最後一哩路，智慧將足以應對一切。

學習是一輩子的事

她是一個苦孩子。

童年時母親病逝，父親一個人既要上班，加以不是細膩周到的人，根本無心也無力撫養三個小孩。由於其他兩個都是男孩，女孩如果長大遲早要嫁人，於是父親將她賣給了養母。

養母雖未必疼她，但也不曾欺負她。勉強讓她讀到國小畢業，就要外出工作，後來她去學洋裁，也算是有了一技之長，她就這樣幫著養母賺錢。

她受的教育不算多，無論家庭、學校或社會。幸好她很上進，靠著自學，到圖書館借書，慢慢的充實自己。比起那些遊手好閒、得過且過，甚至不惜向下沉淪的人，相形之下，她好太多了。也是這樣，她贏得了周遭朋友們的敬重。

然而，在某些時刻，她仍然略有不足。

有一次，在閒談間，我跟她說，我們待人接物還是要留意禮貌。

她卻說：「唉，我的年紀大了啦。」

禮貌，對每個人來說都是重要的。年紀大，更應該成為一個有涵養的人，作為晚輩的榜樣。

禮貌，不應疏忽，更不宜忘卻。

學習是一輩子的事，讓我們一起活到老，也學到老吧。

努力，是唯一的憑藉

「妳夠努力嗎？」她常這樣問自己。

她是個鄉下孩子，早年家境不好，國中畢業以後，就無力升學，於是她去美容院當學徒。學功夫，哪有輕鬆的？她乖巧認命，不做非分之想。辛苦幾年以後也出師了。

她覺得自己應該到都市去謀生，以尋求更好的發展，尤其是臺北。人多，機會也跟著多。尤其，她還想更求技藝的精進、學英文。

她到了臺北，也進了業界。天啊，工作時間好長，幾乎每天晚上要過了十二點才能休息。她很快的決定轉到天母，專做外國人的生意，或許比較可能準時上下班，下班後還能去學習其他的。

美髮師著重的是技術，她也一向溫和，至於英語，也可以從做中學。

多年以後，再回想，其實這個決定是對的。

她很認真，技藝因此更好，待人和氣，也做出了口碑。後來還開了連鎖店，風風火火，生意興隆。

她跟我說：「像我們這樣窮人家的孩子，書讀得不多，持續的努力，是唯一的憑藉。如此，才有出頭天。」

她不只用心，也用了頭腦。難怪，最後替自己打下了一片大好前程。

她的哀傷

她一直單身，便和父母同住，久了，手足各自婚嫁後，照顧父母便成為她的責任。

奇怪的是，父母依靠的是這個乖女兒，卻對她沒有什麼好臉色。總是頤指氣使，多有怨言。怎麼會這樣呢？難道是怕讚美多了，女兒會拿翹？

這一次母親住院，父親在家，她兩處奔波，累極了。母親不滿，父親抱怨，讓她簡直不知如何是好。

兩個星期以後，母親可以準備出院了，那天早上，母親不知何事很不高興，又對她破口大罵，她一句話也沒有說，默默的走了出去。

她搭電梯，直上醫院頂樓，然後縱身一躍，毫不遲疑。

她好累，完全不想再過這樣的日子了。

只剩下抱怨

我一直不解：為什麼她的人生只剩下抱怨？

是的，她遇人不淑，丈夫好吃懶做，還家暴，甚至賭錢，置妻小於不顧，是個沒有肩膀、不肯負責任的人。

她的遭遇令人同情；然而，她老在我們的面前碎碎念，念個沒完沒了，也念得我們避之唯恐不及。

所有原本對她寄以同情的人，就在她的長期疲勞轟炸之下，讓同情逐漸的流失，甚至轉而開始憐憫起她的丈夫來。會不會就在她的無有止時的碎碎念之下，丈夫才會變得那樣的不堪，直至沉淪呢？

她老是抱怨，卻不見有任何積極的作為想要改善現狀。是的，抱怨，可以是情緒的一個出口，但不能只有抱怨。如果，只是抱怨，而毫無任何有效的行動，不思謀求改進，於事何有助益？

一味的抱怨，並無補於實際。緊抓著抱怨不放，以此當作利器，也只是徒然讓人看輕而已。

對平凡的日子感恩

日子是越過越平凡了，我也覺得很好。

青春洋溢的他，跟我說：「知識就是力量。所以，我大學畢業以後，就要出國讀研究所，從碩士到博士。」

我笑著對他點點頭：「聽起來很優。」

隔了一年，他又神采飛揚的來跟我說：「男兒志在四方。所以，畢業以後，我要先到非洲當義工一年，看看不一樣的世界。」

我笑了笑：「也很好啊。」

我心裡沒有說出口的是：年輕，多麼好！

屬於我的年輕歲月早已遠去。年紀大了，心態也相對變得比較保守。我敢冒險犯難嗎？不敢。因為我害怕失敗，也沒有東山再起的本錢。時間不允許，體力不允許，在許多方面都不允許。

世界的舞臺，就交給年輕人了。

往日我也曾經殫精竭慮，鍥而不捨的奔赴理想，如今，我對自己能擁有平凡的日子心懷感恩。

謝謝幾米

那樣的一場重病，幾乎瀕臨危殆，卻成就了今天的幾米。

我很喜歡幾米的繪本。他的每一幅畫都彷彿具有獨特的神奇魔力，他筆下的人物或孤單或憂傷，還有著美麗的哀愁，文字不多卻深刻如詩，耐人尋味，字字敲進了我們的心裡……我願意相信：隱藏在他所有圖文的背後，是愛和溫暖。

如果沒有一九九五年的那樣一場大病，或許幾米只是一個尋常的男子，上班工作，養家活口，日復一日，直到生命的終點吧。然而，那樣一場可怕的血癌，歷經化療的嘔吐、發燒、昏迷、頭痛……住院六個月，受盡了折騰。這樣年紀輕輕，就被迫面對生命的可能死亡，軟弱恐懼和孤絕，使幾米變得極端敏銳，也帶來了創作上更豐沛的靈感和動力，對人生興起了另外一種豁達和悲憫。

人，其實是無從選擇的，當苦難來到眼前，誰也逃躲不了，唯有平靜的接受。

我不知道，這對幾米是好還是不好。然而，身為讀者的我們充滿了感謝，他的每一本書都是一份美麗的生命禮物，如同上天的恩賜。幾米的作品是我們孤單時候的陪伴，也是獨處時的好朋友，更是傷痛時的知己。

謝謝幾米。

好好過日子

有個長輩高齡九十多了，因為最近的新冠肺炎病毒蔓延全世界，新聞一播再播，越聽越怕，不免憂急於心，打電話跟我說說。

其實無須那麼擔心，勤洗手，不隨意出入密閉式空間，有疑慮處請戴口罩。目前咳嗽、發燒，令人害怕，最好不要感冒了。

根本就不必自己嚇自己，清淨過日子，也挺好的。

我有個朋友，利用這段時間，把家裡好好收拾。該丟的丟，該送的送，頓時覺得清爽了許多。

他跟我說：「現在不必應酬，也終於比較有空了，清理以後，一切井然有序，覺得很有成就感呢。」

我呢？或許也需要認真想一想，來做一件有趣的事？

我平日在家，不過是閱讀、寫作，現在也一樣。似乎沒什麼特別的。

開心就好。平安就好。

美麗的風景

每次我在物理治療室踩著運動型腳踏車時，都覺得好無聊。真想騎著單車出去逛逛，看山、看水，也看美麗的人情。可是不行，我只好繼續踩著，看著眼前設定的數字減少又減少，直到歸零，運動就算結束了。

今天我看到物理治療的庭欣老師陪著拿助行器緩緩行走的婆婆，讓婆婆的背靠牆。婆婆的背好彎，她教婆婆兩手合掌，向上升起，原來這樣做，背就可以挺起來。由於怕婆婆會跌倒，靠牆就安全了。一開始婆婆做不來，老師慢慢的一遍又一遍的幫忙，然後再示意婆婆一遍又一遍的練習，真是循循善誘好耐性，連我看了都很感動。

後來我才知道婆婆有九十二歲了。

那天，我的腳踏車騎得又快又好，一點都不會感覺無聊，因為注意力全都轉移到婆婆的復健上。

了不起的婆婆，了不起的老師。一個受教，一個肯教。如此配合無間，在我，這已然是人間美麗的風景了。

大雨直直落

是一個很壞的天氣。從清晨就大雨直直落，落個一整天。冬日的雨越下越冷了。

居然是在這麼惡劣的天候裡，恩諒和淑麗一起從新竹前來探望。

我起因是，我在臉書上看到淑麗送給素端的中國結玫瑰花，漂亮到不可言喻。我開玩笑的跟淑麗說：「下次見面，也請送老師一束花吧？」我心裡想，彼此都忙成這樣，下次還真不知道是什麼時候呢？

沒有想到快快定了次日的下午，說是淑麗要送花來。

淑麗的手巧，我早已知曉，的確名不虛傳。每朵玫瑰花都精緻美好，彷彿留住了永恆。也像一個個的祝福，不會凋零。

花朵繽紛，有各色的紅黃藍紫……太漂亮了，一如陽光的耀眼，讓人渾然忘去屋外的雨聲淅瀝。

還有淑麗手作的杏仁瓦片餅乾，也好吃到不行。她清亮的聲音，更是如歌一般。

淑麗談的是曾經有過的病痛和求醫過程的曲折，甚至帶有幾分神奇。幸好一切都過去了。那麼好聽的聲音，說的卻是人生的疾苦，我的感覺好特別，也有幾分的不捨。

恩諒還說：「來老師家，心裡還是緊張的。」

他太乖了，謹小慎微，自律嚴格。他一定不知道，從他還是個少年時，我就一直很喜歡他，是個讓人放心的好孩子。

他們走時，雨依舊下著。

想到歲月就這樣悠緩的走過，一轉眼，他們都已經長大，我也兩鬢飛霜。時光如此不待人，多麼令人感到惆悵。

曾經是課堂上相遇的好緣，也如同我眼前美麗的玫瑰花，燦爛了我的人生黃昏。此時，屋外的雨聲似乎也被隔離，不再聽聞。

如果得了這樣的病

已至中年的小弟，這些年來，經常參加各個階段的同學會。如國小、國中、高中、大學等。

那天，他來吃飯、聊天。

他有個同學是名醫。

那名醫說他自己：「如果我得了這三種病中的一種——胰臟癌、惡性腦瘤、皮膚黑色素瘤，那麼，就直接準備進入安寧照顧。」

看來，這三種病都非常棘手，病人備受折騰，卻又無法痊癒，終究是要大去。

既然這樣，就認了。

能淡定的面對死亡，我以為，也是一種智慧。

在軟弱處剛強

好朋友的姊姊和姊夫一家都住在美國。

姊姊的身體不好，縱口欲，不加節制，偏偏又有嚴重的糖尿病，簡直是雪上加霜。目前需要洗腎，病情還是不樂觀，甚至到了換腎的地步。

我很驚奇：「你爸媽都不是這樣的人呢。」

「的確不是。」

「你姊和姊夫都是基督徒，有神的帶領，實在不宜弄到這樣的地步。」

「她軟弱了。應該在跌倒的地方，努力爬起來。」

我想，每個人都會有面臨軟弱的時刻，或許堅定的信仰和毅力可以給我們力量，讓我們變得剛強起來。

加油！我們要常常跟自己這麼說。

慈悲喜捨

她是個虔誠的佛教徒，平日慷慨捐輸，從來不落人後。

最近因為兒子屢次不肯聽勸，簡直讓她傷透了心，仔細思量以後，她立刻將自己戶頭的錢，領出一大筆款項，捐給慈善機構。單世界展望會，就一口氣認養了好幾個兒童，且一次付清一整年的支助費用。當然，另外也還有其他各種弱勢團體的多筆慈善捐贈。全部金額近兩百萬。

她很想將一棟房子捐給政府，作為長青學苑。由於捷運通車，那房子變得很值錢，丈夫不肯。丈夫說：「等我有了兩億，就捐。」

欲深谿壑，哪有滿足的一刻？她心想：根本丈夫就是不想捐。

三十年前，她曾經跟朋友們合買了一塊地。後來那塊地租給人做生意，年年有租金可收。最近，由於承租者年歲大了，打算退休。看來那塊地將會賣出。

地價上漲一〇〇倍，夠驚人了。

更好的是：那塊土地在她的名下。

她打算有朝一日賣出土地後，就成立基金會。以偏鄉技職教育為目的。因為她有這方面的人脈，而且這一直是她的夢想。

慈悲喜捨不容易，恭喜她，距離年輕時的夢想已經逐漸接近了。

最後的孤寂

人生的最後都是孤寂。

所以，要早早培養自己的興趣，要學會和自己相處，要有老本和老友，還要有感情融洽的親人。能如此，或許，當最後的時光來臨時，才不會那麼惶惑不安，無所適從。

想到長大的兒女會離巢，另創新天地。展翅高飛之際，父母再不捨，也只能放手，給予祝福。

伴侶也遲早會分離，因著各種不同的因素而遠去或遠逝，那麼，終究只剩下自己一個人。

學會照顧自己，個性堅強獨立，這是每一個人必備的功課，如此，才有勇氣面對最後的孤寂。

幸福的定義

什麼叫做幸福呢？你曾經仔細想過嗎？

我以為：有一份自己喜歡的工作，有愛我也為我所愛的人，有一個值得奔赴的理想，就是幸福了。

其實，我一直過著這樣的生活，我也從不否認自己的幸福。為此，我深深感恩。

今天，我讀到一段文字，世人所欽仰的史懷哲，是神學家、牧師、哲學家、音樂家、作家和醫生。他放棄了世俗的繁華，而到非洲行醫，其生活信念深受基督大愛的感化。在獲得諾貝爾和平獎時，曾有記者問他：「什麼才是有價值、有意義的人生？」史懷哲說：「有工作可做，有對象可愛，有希望可想。」

竟然和我多年來所思考的不謀而合。

這也正是《聖經》哥林多前書十三章十三節所說的：「如今常存的有信、有望、有愛，這三樣其中最大的是愛。」一個人如果能依著信心而行，存著盼望守候，懷著愛心表達，那麼，人生也必然是豐富而美好的。

我常想：若能擁有這樣豐美的人生，還會有什麼遺憾嗎？

幸福，來自個人的感受，而非世俗的認定。當你覺得幸福，那就是幸福了。

祝福你，也祝福我自己。

Part 3

酸甜歲月好

如果人生是畫布，
應該慶幸：畫筆就在自己的手中。
你是唯一的畫者。

part 3

酸甜歲月好

心語錄

有時候，是我們耿耿於懷，於是，那些不快樂反而因此擴大，甚至變得更加沉重，令人難以負荷。其實，別人早就全然忘卻，毫無蹤影可尋了；卻只有你一想再想，終究成為跨不過去的關卡。

還是忘了吧。讓它完全撤自記憶。只有這樣，你才真正善待了自己。

當我們看到路邊的一朵花，這般的微渺，可是依舊朝氣蓬勃的活著，從不自輕自侮。有雨露可以滋潤，和風一起舞蹈，以美麗的笑靨，回報了上天的疼惜，也給了世界一抹繽紛的顏彩。這般的盡興和努力，也讓人肅然起敬。

一朵花，以她的存在，昭告了活著的可貴和盎然生機的值得珍惜。

如果人生是畫布，應該慶幸：畫筆就在自己的手中。你是唯一的畫者。懷抱著心中的愛和夢，以繽紛的顏彩，審慎落筆，不要遲疑，更無須膽怯，只要認真畫去，自有動人之處。

國畫講究意境。有時候畫是美，有時候不畫更美。空，是另一種境界。一如我們所說的，留白天地寬。

人間行路，有多少憂患挫折，有誰真的能一帆風順呢？太不可能了。當我們走在困頓的際遇，正向思考，是黑暗中的光，讓我們看到了美好的希望，也果然心想事成。

唯有正向思考，讓我們扭轉頹勢，重覓力量。如此，才能從仆跌中站立起來，勇敢迎戰。為黯淡的人生塗上亮麗的顏彩，也給了自己更好的機會。不論你曾遭遇怎樣不堪的境遇，都請不要忘了正向思考，只有這樣，才有反敗為勝的可能。

一件事情的成敗，原來，癥結就在是否有足夠的信心。

每一天的終了，都是一個省思的好機會。曾經受傷，無所畏懼，當它癒合，那就成為一個光榮的標記了。要成為生命的鬥士，唯有勇往直前。

請讓我帶著感恩與歡喜告別紅塵，這才是人生最美的句點。

跟一個錯的人長久在一起，能讓你變得更好嗎？更快樂、更幸福、更有自信、更願意努力？

恐怕很難。就像一盤餿了的菜，或許倒進垃圾桶才是正確的做法，吃下，有害健康，那麼，又何必苦苦相留？

幸福，唯有自己能給予自己。

愛，從來不是自私的占有。因著不斷的付出和分享，愛便無所不在了。當我們被愛所包圍時，幸福便緊緊相隨。

好好過自己的生活，努力活出自我，不要虛度。就像一朵花，站在大自然裡，與風跳舞，跟雨說話……就算自開自落，也自有歡喜。這不就很好了嗎？生命的意義由自己決定，只要自覺俯仰無愧，又何需旁人來強加置喙？

活著是一種美好。因為，我們可以領會這個世界無數的美妙。

由於人生不能重來，因而每個日子都是唯一，是要認真進取？還是虛擲浪費？都只在我們的心之一念而已。你既然是歲月的主人，那麼，就請一肩扛起所有成敗得失的責任吧。哪裡怪得了別人呢？

祝福每個行走在人生道上的朋友，且行且歌且開懷，上天對每一個肯用心耕耘的人也必然會給予豐富的報償。

緩一緩，想一想，有些事情並不如你想像中的艱難，有些事情也並不是非你不可。

生氣是沒有用的。在憤怒之中，我們無法思考，更不能做有智慧的決定。既然生氣無用，那麼就爭氣吧。

感謝人生是一條漫漫長途，畢竟沒有白流的淚水，畢竟以爭氣扳回了小小的勝利。

人間的種種悲喜是我心中的痛和眼中的淚，我才能逐漸成為如今心地柔軟的一個人。

美麗的黃昏已經來到眼前，這是生命中最絢麗的一抹繽紛的顏彩了。黑暗仍未席捲而至，健康尚可，多麼值得珍惜。

如此的時光短暫，珍惜的心意濃烈，就讓我再看一眼這美麗的夕陽餘暉吧。

人生裡多的是無常。今天我們手中所擁有的，未必明天還在。親愛的人此刻依然相聚，卻也未必能長相廝守。每一個意外的來到，都足以讓我們的人生為之翻轉，帶來了巨大的失落。

最大的荒謬，是來自我們的掉以輕心。我們以為，眼前的一切都能長長久久，無常不會倏忽來到。其實不然。

只有懷抱著珍惜之情，未來的憾恨才有可能減低。只有時時感恩，我們才得以平順的涉渡所有塵世的風雨。

有人問：如果明天就是世界末日，那麼今天你要做什麼呢？

我想一切如常。我一樣要在園子裡栽下希望。

如果流光重返，我還能做得更好嗎？平心而論，不能。

既然，努力了，珍惜了，如果我還做得不夠好，那是我的能力有所不足，而非來自怠惰遊憩、辜負了美好時光。這麼一想，既已俯仰無愧，若真有缺憾，就還諸天地吧。

時光才是最大的贏家，它君臨天下，也席捲了一切。

所有的生命都有走到盡頭的一刻，終將灰飛煙滅，無論賢愚不肖。

如果是一棵樹

如果是一棵樹，不論長在何處，陽光、空氣和水都是生存所必需的條件，來自上天的恩典。

「一枝草，一點露」，說的，也是同樣的道理。

我有個朋友聰明能幹，工作也非常認真，事業飛黃騰達。他總是認為，一切都是他理應得到的，因為他夠努力。

而我們知道，不完全是這樣。他的確全力以赴，可是，其間仍有際遇的問題。一切能功德圓滿，也來自上天的恩賜。

所以，感恩是必要。

個人的力量，其實是有限的，超過預期的獲得，其中有上天的成全。

有些人是從不感恩的，他自認所有的成果都是自己應得的，他信誓旦旦，從不言謝。坦白的說，這樣的人不夠謙卑。

上天也終究會讓他明白，除了努力，感恩和謙卑也是必須。

如果是一棵樹，得以鬱鬱蔥蔥，固然它努力的成長，然而長得繁茂而高大，仍有來自上天的恩典。

隨風而去的小花

生活中總會有一些不順遂，只要你不在意，很快就會成為過去。有時候，是我們耿耿於懷，於是，那些不快樂反而因此擴大，甚至變得更加沉重，令人難以負荷。其實，別人早就全然忘卻，毫無蹤影可尋了；卻只有你一想再想，終究成為跨不過去的關卡。

還是忘了吧。讓它完全撤自記憶。只有這樣，你才真正善待了自己。

當你決定忘掉，你發現，那不過就像是一朵隨風而去的小花，輕盈，不見重量，也根本沒有人在意。

一切都雲淡風輕，這不是很好嗎？

一朵花的存在

所有的生命都讓人敬畏，即使小如一朵花，她的存在也有上天的恩澤。「一枝草，一點露。」上天有好生之德，生命不應任意斲喪。我願意相信，所有的紅塵試煉，上天必有其旨意。只是，我們一時未必清楚知曉罷了。

所以，即使面臨生命的困境，都不宜輕言放棄；縱然走到山窮水盡，也可能是柳暗花明翻轉時刻的到來。當一個人能堅持到最後，就出現了時來運轉。

事情不到最後的關頭，勝負還沒個定論呢。

當我們看到路邊的一朵花，這般的微渺，可是依舊朝氣蓬勃的活著，從不自輕自侮。有雨露可以滋潤，和風一起舞蹈，以美麗的笑靨，回報了上天的疼惜，也給了世界一抹繽紛的顏彩。這般的盡興和努力，也讓人肅然起敬。

我們活著，難道還不如一朵花嗎？

一朵花，以她的存在，昭告了活著的可貴和盎然生機的值得珍惜。

手上的畫筆

如果人生是畫布，應該慶幸：畫筆就在自己的手中。

你是唯一的畫者。

懷抱著心中的愛和夢，以繽紛的顏彩，審慎落筆，不要遲疑，更無須膽怯，只要認真畫去，自有動人之處。

畫畫的技巧是可以學而得之，但技巧並不是最重要的，心中的所思所感可能更為要緊，它左右了畫的成敗。

千萬要珍惜手上的畫筆，不要輕易毀壞了、丟棄了。

不是科班出身的畫者，又有什麼關係呢？用心的畫，讓人生成為一幅雋永的、無可替代的畫作。

我的要求不多，就只是這樣。

可是，仔細想來，要達到這樣的成效，也非得孜孜矻矻、努力不懈，又哪裡是容易的呢？

留白

國畫講究意境。有時候畫是美，有時候不畫更美。

空，是另一種境界。一如我們所說的，留白天地寬。

最近我忙翻了，自己的事已經很忙了，還有旁人的詢問和請託。我只好暫時擱下自己的部分，先急旁人之所急，再回頭來處理個人的事。

勞累的時間很長，休息的時間幾乎沒有。

有一天，我終究明白我錯了。在事與事之間，我一定要給自己有足夠休息的時刻。寧可後面的事再延一下。我們休息，是為了走更長的路。大家不都這麼說的嗎？

只是一味的工作，像個陀螺，忙個不休，只怕早晚就要生病了。

一旦生病，百廢待舉，豈不更糟了嗎？

所以，國畫要留白，有時候，我們的生活也是。

失而復得

失而復得，多麼令人心生歡喜！

生活裡，有些東西我們找不到了，東翻西翻，就是不見了蹤影。我們以為，也許是被自己給搞丟了。

很久很久以後，也許無意間，我們在一件久已不穿的衣服口袋裡，竟然發現有一疊鈔票，太好了，彷彿是撿到了。一個雨後的下午，就在重重疊疊的文件之下，居然看到曾經找尋許久的一個心愛的別針……原來，它們一直都在的，只是躲在一個小角落裡，被我們遺忘了。

那麼，我們的快樂與幸福呢？也許並沒有遠離而去，只是被粗心的我們給忘了？我們也曾經哀傷痛哭，以為自己是不幸的。其實，恐怕事情的真相並不是這樣。世上苦人多，有太多的人遠比我們更傷痛、更絕望，他們沉在深淵裡，不見陽光，盼不到希望。

如果你再次發現了幸福和快樂的蹤影，請千萬要記得珍惜，別又把它們胡亂的塞在角落，然後，忘記了。

你不會幸運的每次都能失而復得。

郵差先生來道別

郵差先生來送信，並且跟我說：「從明天開始，我要轉到另外一區服務了，現在來跟你告別。謝謝你。往後，我會好好當個小郵差，認真寫文章，陪伴兒女一起長大。」

他是個喜歡寫作的郵差先生，曾經給我看過他的文章，也的確寫得很好，完全不像是個寫作新手。

我說：「太好了，請記得要繼續努力和堅持。」

郵差先生也愛寫作，這樣的上進，真讓人歎賞，也振奮了人心。

你呢？你有沒有比他更努力？

真的，一生中，能做自己喜歡的事，是很幸福的。

祝福他。

路太長

夢想的路太長，不是每個人都有足夠的毅力，堅持走出亮麗的成績來。

那幾乎要傾盡一輩子的時光，你真的願意做這樣的付出，而一無怨悔嗎？

有一次，他跟我們談起辦雜誌的艱苦，事情鉅細靡遺，繁瑣到了極點。既然是雜誌，便有每期截稿和出刊的壓力。更怕遇到那錙銖必較的人，三兩下，就把你的耐性全都磨光了。希望來稿多而好，稿源不缺，更希望收支能平衡，雜誌辦得下去，萬壽無疆……

只是談何容易呢？

人少，所有責任一肩扛，累到像一條狗。那，人多可好？

人多口雜，議論紛紛，無有止時。只怕，更是災禍。

各有各的為難。哪裡會是輕易的呢？

先想清楚吧，如果真心喜歡，不妨堅持下去，日久，便能看到豐收，該是怎樣的賞心樂事，有如散步在雲端！

正向思考

好朋友在研究算命，每次他來，我就找幾個案例讓他算一算，也許是算紫微斗數，也許是姓氏筆畫或其他。

一晃眼，也有十多年了。

有一次，我問他，「都學這麼久了，有什麼心得嗎？」

他回說：「一個人，在遭逢困境時，只要能夠正向思考，其實，就能否極泰來，不會有什麼問題了。」

我仔細想想，的確非常有道理。

人間行路，有多少憂患挫折，有誰真的能一帆風順呢？太不可能了。當我們走在困頓的際遇，正向思考，是黑暗中的光，讓我們看到了美好的希望，也果然心想事成。

唯有正向思考，讓我們扭轉頹勢，重覓力量，如此，才能從仆跌中站立起來，勇敢迎戰。為黯淡的人生塗上亮麗的顏彩，也給了自己更好的機會。

不論你曾遭遇怎樣不堪的境遇，都請不要忘了正向思考，只有這樣，才有反敗為勝的可能。

人有旦夕禍福

當我輾轉聽說他曾經身受重傷，距離事情的發生已經快兩年了。我很懊惱沒有及時幫上他的忙。

見面時，他看來還好。我替他介紹了一個骨科醫生，多少是「亡羊補牢」。

他從廠房屋頂摔下昏迷，幸好太太聽到巨響，心生警覺，找到了出事的地點，立刻招來救護車，送長庚醫院急診。

骨盆粉碎性骨折，兩邊的髖關節都受傷。一邊植入鋼釘，另一邊換人工髖關節。另有一隻手的肩旋轉肌也有問題。

破損的身體經過手術縫合，命是救回來了，緊接著是漫長的復健以及難以忍受的疼痛痠麻。

好可怕。人有旦夕禍福，此話一點也不假。

我勸他要樂觀以對，兒女大了，經濟無虞，還有好太太陪同照料，多少人難有這樣的福氣，一定要珍惜。

願他早日康復。

就在信心

一件事情的成敗，原來，癥結就在是否有足夠的信心。

黎明之前的黑暗，幾乎是我們跨越不過的關卡。就在那樣的一片漆黑裡，見不到一絲光明的存在，你還有勇氣能堅持下去嗎？

其實，當你覺得如此的艱難，也表示更靠近成功的契機了。請不要輕易放棄心中的夢想，只要你有信心，勇於堅持，我相信，有一天，所有的困難終究會成為過去。

我認識一個女孩，容貌普通，就像鄰家女孩；可是，她對自己深具信心，她總是認為自己是美麗的，「比大明星還要美。」初聽得她說這話，我們不免覺得有些好笑，可是看她的神情卻是認真的。

然後，我們都搬家了，長大了，日落日昇，我們在不同的角落裡過各自的人生，離合悲歡都不能免。二十多年以後，在同學會上我們相逢了。我驚訝的發現，她的

確是美麗的，甚至比青春年少時還要迷人。

原來，信心的確有效，不可小覷。

容貌尚且如此，行事更需要信心。

所以，不要輕言放棄，相信你能，你必然能。

整形，為了美？

她是個年輕女孩，為了美。她說：「不惜一切代價。」

她到韓國去動整形手術，甚至削骨。

聽得我們膽戰心驚。需要這樣做嗎？

其實，她長得並不醜，難道是為了精益求精？

她在去韓國以前，就先離職了，從韓國回來以後又接著「神隱」，誰都找不到她，更讓我們疑雲滿天。不見人，難道是整形整壞了嗎？還是浮腫嚴重，根本見不了人呢？

十個月以後，終於見到她了，的確神采奕奕，漂亮了一些。可是，也並沒有從灰姑娘變成公主啊，需要為了一張臉吃那麼多的苦頭嗎？

畢竟相熟，她跟我們說了實話：「削骨，比想像中還要疼痛和可怕，如果早知道就不做了。」

唉，千金難買早知道。
我自知沒有那樣的勇氣，還是以真面目示人就好。

堅強是必須

人生的風雨難免，堅強是必須。

每個人都希求順遂和幸福，可是有時候未必能夠如願。

如今，幾十年都過去了，她的人生比原先預測中的好很多，我們多麼為她高興。

在還算年輕的時候，由於丈夫外遇，第三者就等著正宮讓位，好接收一切。那時兒子還在念國小，婆婆偏袒自己的骨肉，認為必然是媳婦的不是。她簡直就被掃地出門。沒有贍養費，也沒有任何的精神補償。

她調回娘家附近的國中教書。離開傷心地，另買新居，讓一切有一個全新的開端。

她沒有再婚，和兒子也一直保持著良好的親子關係。長大以後的兒子是個忙碌的醫生，在中部行醫。

後來她得了癌症，在臺大醫院手術時，妹妹陪著她，往後的幾次化療和回診，她都是自己一人孤單的南北往返，沒有麻煩任何人，真是勇敢。

老母已經年高八十多了，還能下田耕作，有空時送些自家種的青蔬給她。她在這個歲數了，仍有高堂老母在，還身體健康，也是另一種幸福。

我們說，幸虧離婚得早，保住了部分的錢財，要不然，恐怕越拖越悲慘，一無所有，也是可能的。

她是個溫和的女子，曾經在婚姻中被不公平的對待，幸好那已經是過去很久的事了。如今她過得好，這才是最重要的。

每回想起她，我總要深深的寄以祝福。

生命的鬥士

他曾經中風，當時情形頗為嚴重，後來經過漫長的復健，目前已經康復，完全看不出來。

在他的生命中，曾經遭遇如此重擊，曾經整個翻轉過。最後憑著鍥而不捨的努力，他向上天要回了健康。

他的確是一條好漢。這樣的一場人生歷練，也為他帶來更為深刻的思考和啟發。他可以毫無愧怍的大聲朗讀出泰戈爾的詩：

白日已盡，
當我站在您的面前，
您仍能看見我的疤痕，
了解我受過創傷，

但已痊癒。

每一天的終了，都是一個省思的好機會。曾經受傷，無所畏懼，當它癒合，那就成為一個光榮的標記了。

要成為生命的鬥士，唯有勇往直前。

最後的告別

她罹癌很久了，治療以後，病情穩定；沒有料到十年以後復發，已經蔓延，使用標靶藥物治療，有一段時間情形還好，不料最後還是惡化。

她曾經約我們見了一面，居中的聯絡人卻沒有告知我們，那是最後的告別。

她雖然瘦，看起來精神還好。令她憂心的是，將來患有嚴重糖尿病的老伴不知該託付給誰？

曾經跟媳婦旁敲側擊過，不知往後是否有意願接手照顧？媳婦直言，說她還有娘家年邁的父母需要打理。

唉，這年頭，縱使有兒女，兒女也自顧不暇，還能指望誰呢？每個人都應自立自強。只有靠自己，才是最好。

所以，我常跟自己說：要努力讓自己健康的活著，如果不能自理，千萬要快速的離去，別造成家人和社會的沉重負擔。
只是，有誰知道，最後的那一哩路，又會是怎樣的境況呢？

帶著感恩與歡喜告別

魏姊去年七十大壽。

貼心的兒女替她辦了生日壽宴，邀約而來的都是魏姊真心想見的至親好友，兒女們還希望來賓們能說一說和母親有關的難忘的或溫暖的小故事。

與會者人人都說了，她聽了好感動，微笑裡閃著淚光。那些故事她幾乎全忘光了，對方卻細心的拾掇，還贈給她一束永恆的美麗。是的，那是她生命中的珠串，閃耀著不滅的光芒，而且洋溢著溫柔。

果然是一次非常溫馨的生日壽宴，賓主盡歡。

魏姊跟我說，「將來，我要辦生前告別式。」

我以為，「可以辦個歡樂趴，但不必明說是生前告別式。」

我其實很贊成這樣的構想。請把對我的懷念就在生前告訴我吧，讓我能帶著感恩與歡喜告別這個世界。不是很好嗎？如果等到告別式時才說，我已離世，在飄渺的他方，什麼都聽不到了。

是的，請讓我帶著感恩與歡喜告別紅塵，這才是人生最美的句點。

它，依舊在

好久沒上那家店買泳衣了。細想來，恐怕都不只六七年了吧？

原因是我原先晨泳的那家游泳池後來關門了，還舉辦泳衣特賣，我買了好幾件，加以早先買而未穿的，有近十件之多，就足夠我穿好幾年了。沒有需要，也就不曾上門。

近日，由於妹妹託我買泳衣，我因此興奮的前往。不知當年我認識的那些店員小姐還好嗎？甚至，那家店還存在嗎？

幸好一切無恙。

店員小姐都在，也還都是老樣子，以親切的笑臉迎人。當年的小老闆則已經升格為老闆了。真是可喜可賀。

沒有其他的客人，所以我一面選購一面說話。直到一個小時後，另有顧客上門來。我才付費，準備離去。

我一共買了四套泳衣，送給妹妹，希望她很快的學會游泳。

歲月流逝，這家老店仍然存在，不畏現實風寒，堅強屹立，多麼令人感到溫馨，真是一件讓我歡喜的事。

寒天裡的溫暖

她突然給了我電話，說半個小時後到訪。

好幾個月前，她曾說了一個故事給我聽，後來我因此寫了一篇小文章。當時實在不確定她往後是否還會來，記得報紙我收了起來；可是收到哪裡去了呢？我找了好久，幸好找到了。

她來了，捧了一把白河的蓮花。

花很美，顏彩繽紛。可是，在寒冷的十二月？今天的低溫還不到十三度呢，真讓人不可思議。難道時序早已錯亂？

美麗的花，給寒冬的小屋帶來了無比的溫暖。我衷心表示感謝。

我們坐下來，談近況，談臺北的高房價，談我們相熟的人。然後，她替我做了「大愛手」，能讓我的身體變得更好嗎？我不知道。然而，如此的盛情總是感動我。

我們相識時，我正青春而她年少，歲月緩緩流逝，如今她早已長大，而我將垂垂老去。

謝謝她還記得我，為我帶來寒冬裡的溫暖。

終於明白

我終於明白，為什麼我的工作量那麼多，每天累得半死，那是因為我希望擁有一個少有憾恨的人生。

和老朋友電話聊天。她說，有一對夫婦有恩於他們家，也住美國，離哥哥家不太遠，於是她跟哥哥說了，希望哥哥能前往探望。

顯然哥哥沒有去做，直到多年以後，那對夫婦相繼凋零。

她言下之意是不高興的。

我說，你可以自己打電話去，也可以寫信去啊。由自己聯繫和處理，不也可行嗎？哪裡非得要透過哥哥才能做呢？

對方無言。

或許她習慣由別人來代為幫忙，然而，仰仗他人，恐怕也會是一種綑綁。我要求即知即行，既然想要高效率，那麼就靠自己吧。凡事親力親為，果然成績還不算太差。

也感謝有朋友願意教導，有時候做多了，逐漸有點經驗，也比較熟能生巧，便不覺得那麼艱難了。這年頭，大家都忙，各有各的辛苦。如果能自己做的，最好不要麻煩他人。即使是自家的手足。

還是要孜孜矻矻，自立自強，也讓人生的遺憾減少了許多。

故土的芬芳

那一年，好朋友即將背井離鄉，遠赴異國去打拚。

唯恐水土不服，特備妥泥土一小袋、水一瓶，一起打包帶走。

畢竟是在異國，既不同文也不同種，其中的諸多艱難，推想可知。

三十年以後，兒女大了，他終於有能力和空閒返臺和大家相聚。憶往昔，有多少甜蜜和惆悵。如今大家都不年輕了，父母師長逐一凋零，長輩如果仍在的，也都走到生命最後的時光，身體弱了、病了。多麼讓人擔憂。

重回故土，那些成長的歲月，有多少熟悉的人事和物，那樣的溫馨和甜美，在記憶中，是永遠無法被取代。

故土的芬芳，唯有離開過的人才能深切領會。

熱情

熱情會帶來溫暖。

熱情是可貴的。當一個人失去熱情，有如槁木死灰。活著，已經沒有什麼意義了。

然而，人生是越走越荒涼的，更讓我們期待熱情的溫暖。

最近我想起了一個朋友，我們曾經在高中時同班，大學時同校，畢業後，還曾經同事過兩年，直到她因為結婚而調校。緣分的確很深。

幾年前我們曾經聯絡過，但後來各有各的忙碌，竟又失聯。真的，好久沒有她的消息了，於是，我寄了一本書送她。她很開心，直說，那正是她需要看的書。喜歡就好，我也很高興。

原來，前些時候她住院手術，很是費了一番折騰。蕭索的心境需要鼓舞，那本書正合她的意。

哪知她立刻送了當地的小肉圓來跟我分享，的確好滋味，我稱讚了，又回送了一份小禮物給她。她說，她要再寄其他的好吃東西來。盛暑天熱，哪有好胃口？我說，等天涼再寄吧。

的確十分熱情。

當我們經歷了許多離合悲歡，仍能保持對人世的熱情，多麼珍貴。

不曾虛度的光陰

年輕時，他很忙，忙著讀書、學習，幾乎不得空。

友伴們不是這樣，有的交女朋友，更多的是吃喝玩樂。別人看他也很怪異，總之是格格不入。

後來，讀書告一個段落，各奔前程也各自成家立業，四十年後，人生的路各有離合悲歡，他反而是比較順遂的那一個。其實，他很感謝妻子對他的協助和諒解，至少認同他的人生夢想和價值。這時他已經是大學教授了，更忙，教書、演講、提論文、開會、兩岸學術交流……更是不得空。

是的，他善盡了一個好國民的本分，努力奉獻所學，報效國家。

很久以後，他有機會和年輕時候的同伴相逢，當年他們都覺得他太無趣了，如今看到他的成就，衷心對他表示佩服。

他想，他只是努力不虛度光陰，卻得到了豐厚的回報。

感謝時光

好朋友來玩，說了一個故事給我聽。

她師專剛畢業的那年，分發到一所偏遠的小學教書。離家很遠，於是住在學校宿舍裡，跟一群年輕的女老師一起。因為她的年紀最小，因此備受「姊姊」們的照顧，其實，那些「姊姊」也不過大她兩三歲。

那時候，大家都好年輕，未婚。相處愉快，她其實是懵懂的。第二年，大家都紛紛轉回到離家近的小學任教，因為住在熟悉的家裡，畢竟起居生活方便很多。彼此之間，仍然斷斷續續有聯絡。

很久以後，她才明白，其中有個「姊姊」，陷入了一場沒有結局的單戀。她喜歡學校的另一個男老師，可是對方已經有了意中人。她苦苦執著，後來嫁給了對方的弟弟，只為了還有機會見到對方。婚姻的基礎既然不是愛，便也注定了悲劇的收場。

縱使是遇到對的人，卻在不對的時間，也是枉然。這份情愛的快速凋零，只能空留回憶。

天涯何處無芳草，只為了青春年少時的一場痴戀，何苦將自己逼上了絕境，甚至葬送了原本可能美好的未來？

我們說，當初應該慧劍斬情絲，調往一個遠方的學校，也給了自己重新開始的機緣。

顯然，這「慧劍斬情絲」也未必容易，一個人若能用智慧的利劍，截斷了惱人的情絲，想來也是很有幾分聰慧和果決的，到底不是人人都有這樣的決心和智慧。如果因循苟且，一旦陷溺太深，無能自拔，只怕會陷入更大的不堪，難有好結局。

今天我們能這樣理性的解說，也由於隨著歲月的流轉，我們早已看多了人生的離合悲歡，曾經有多少心上過不去的事都已化為雲煙，散入天際，再也無跡可尋了。然而，年少時的我們又哪裡能參透這些？

那麼，感謝時光吧，往日那些過度的執著，傷心淚盡，或許真也不必了。當青春的歲月走遠，我們終究明白了「今是昨非」，又何嘗不是收穫？

愛的回應

愛的回應，必然也是愛。

因為童年時候擁有足夠的愛，那樣的無所匱乏，讓我受用一生。

長大以後，我的人生不能說毫無波折，卻也都能平安走過。那是由於內心愛的豐沛和篤定，讓我遇事時，都能做正向思考。如此，更容易使我脫離困境，逐步走向坦途。

有一次，我們去拜訪一位大作家，大作家聰慧，好文采，享有盛名。奇怪的是，她卻不相信人間有愛。事後，我們討論了很久，結論是，她從來沒有被愛過，因此不相信愛。

她的文章寫得好，只是比較苛刻。內容多的是爾虞我詐，彼此利用，或許也是因為她根本不信世間有愛。

這麼多年以後，大作家早已結婚了，兒女也都長大了，我願意相信，她是愛兒女的。此後，她下筆為文，會不會有些不同呢？可惜，她幾乎不寫了。

愛的回應，也會是愛，讓這個世界更美麗。

如果愛錯人

人有百百種，各個不同。有的人善於偽裝，如果我們一時不察，也可能看錯人，甚至愛錯了人。

愛錯人，難道不也是識人不明？能怨怪他人嗎？

可是，如果愛錯人，投注的感情越多越是嚴重，能怎麼辦？最怕是越陷越深，再也沒有轉圜的餘地了。

若是在婚前，勸妳還是讓理性抬頭，及早分手的好。寧可壯士斷腕，畢竟長痛不如短痛。

這當然是很不容易的，因為習性讓我們難以自拔。可是，真正的決定權是在妳的手上，也只有當事者的妳，才明白其中的曲折、委屈，有多少的痛悔和淚痕？只有自己才能下定決心是不是真的要分手？

請先想清楚，到底妳希望擁有一個怎樣的人生？跟一個錯的人長久在一起，能讓妳變得更好嗎？更快樂、更幸福、更有自信、更願意努力？

恐怕很難。就像一盤餿了的菜，或許倒進垃圾桶才是正確的做法，吃下，有害健康，那麼，又何必苦苦相留？

如果對方只是一個渣男，人品不端、還劈腿、口出惡言，甚至動粗、吸毒、賭錢……還是快一些離開的好；否則，只怕有一天，連自己的性命都不能保，多麼可怕。

只有死了心，徹底離開他，妳的人生才會出現新的機緣。不離開，歹戲拖棚，還拖老了自己珍貴的青春年華，實在看不出有什麼好處。

請果敢的分手吧。快刀斬亂麻，也不失為良方。

只有分手，新的戀情才有開始的機緣。說不定，很快的，妳有了新的朋友，妳終於遇到了對的人了。

翻開感情的新頁，一切都充滿了希望。

愛，必須付出

很多東西不能冀望別人的給予，幸福尤其是。

如果，把幸福寄託在別人的身上，那注定會落空，最後得到的，恐怕總是失望。

幸福，唯有自己能給予自己。

幸福，來自愛。愛自己，愛他人，愛社會國家，也愛全世界。

當一個人的心中有愛時，學習付出，自己也視為當然；相信更願意為別人服務，那就是分享。倘若能付出、服務和分享，便會擁有更多的能力，也支持你做更多的付出。當你在需要的人的臉上看到微笑，你的幸福飽足，也讓你快樂一整天。

愛，從來不是自私的占有。因著不斷的付出和分享，愛便無所不在了。

當我們被愛所包圍時，幸福便緊緊相隨。

時光膠囊

有一陣子很流行時光膠囊，就是想像十年後或二十年後的自己會是什麼模樣？做了什麼？成就了什麼？過什麼樣的生活？……

把這些寫下來，放在一個密封的塑膠罐子，埋在樹下，等著特定日子的來到，十年或二十年後的某一天，大家再一起將它們挖出來，看一看當年的期待和夢想實現了嗎？

不要以為十年、二十年後何其遙遠。物換星移，歲月流逝，竟彷彿才一轉眼，當年相約的日子就已經來到了眼前。

重新檢視了自己在時光膠囊中的祕密，大家又哭又笑不能自已。

那些夢想呢？大半都實現了，你覺得很神奇嗎？那是因為當年的念力已經進入了潛意識，讓你所有的努力不自覺的跟著念力靠攏，逐漸合而為一，於是美夢終於成真。

唯一感傷的是對那些缺席者，有的定居國外，趕赴不及；有的音訊渺茫，沒有蹤跡可尋；有的已然在人生的歡宴中永遠缺席了。

我們終究明白了人生的哀傷和惆悵，為之低迴不已。

最好的日子就在前方

最好的日子就在前方，請懷抱信心，繼續努力。

有時候，人是軟弱的，無法永遠堅強。當挫折和失敗相繼襲來，事事不順遂的當兒，沮喪難免，那麼，如何還能保持信心，堅持前行呢？

縱使如此，我們還是要不斷的鼓舞自己，持其志，無自暴其氣。相信所有的陰霾都會成為過去，再現朗朗晴空。努力堅持，只要走過困頓，坦途必然在望。

最好的日子就在前方。你能這樣鼓勵自己嗎？

有一個晚上，我接到好朋友的電話。

她跟我說：「我還記得很多年以前，妳曾經告訴我，早期所寫的那許多勵志的文章，其實是寫給自己看的。目的在不斷的鼓舞自己走向更好的明天，即使遇到阻礙也不要灰心……」

的確是的，只是我並沒有想到，那些文章也同樣鼓舞了許多其他的人。

我曾經在不同的場合裡，遇到讀者們跟我談起，我的書曾經陪伴過他們一起走過生命的幽谷，得到很多的啟發和力量。他們的誠懇讓我感動。我也很感激他們願意讓我知道這些。

這樣的附加價值何其豐厚，完全是意外所得，也令我更加歡喜。

最好的日子就在前方。相距已不遠，請繼續努力，大家加油！

活著是一種美好

活著是一種美好。因為，我們可以領會這個世界無數的美妙。

也有人不願意活下去，或許因為病苦，或許因為挫敗帶來了灰心絕望，他希望結束生命，卻不知此舉徒令親痛仇快。

如果有勇氣尋死，為什麼不能堅強活著？在人生的旅程上，能反敗為勝，才真正令人肅然起敬。

活著的人也要勇敢，願意堅持，知道珍惜。

當我們能看到、聽到，有所感知和意會，那已經是上天的恩典了，哪裡還能冀望更多？在這個世界上，有些人是不能如此的，我們何其幸運！

當我們能跑能跳、能說能寫，行走自如，表達流暢，其中已有上天的成全，能不心懷感激？你知道，有的人失去健康、臥床，甚至生活不能自理；有的人沒有受教育的機會，無法表情達意，溝通因此困難……

那麼，我們就要珍惜每一個日子，每一次的相遇，每一件微小的事。在生活的周遭，無論任何人、事、物，都能教給我們許多。未必一定要藉由語言文字，在無言之中，有時候，也是一種深刻的教誨。

只要好好的活著，我們就已經贏了。

叩問

我向智者叩問：「什麼是生命的真諦？」

「如人飲水，冷暖自知。」

顯然，他並沒有直接給予答案，看來是要我自己去尋找和領會。

由此可見，人生的路絕無倖至。總是要一步一腳印，歷經種種的傷悲和苦痛，有一天，就在回顧的時刻，但見蒼蒼橫翠微，那時，我們的內心覺得飽滿，相信自己已然不同了。

空山青苔不曾言語，然而，在對坐靜默裡，我們終究心有所感。青苔以它青碧的身影還贈給世界一片寧靜的氛圍，也讓親近的人覺得平安和美好。當山雨停歇，彩虹高高掛，美景從來是給有緣相遇者所欣賞，而緣聚緣散，其間有深意，畢竟不可說。

那麼，既然這樣，又何須叩問生命的真諦呢？我們只要真誠的走去，懇切的面

對，終能解去心中的謎團，留下清明的智慧，就像山間的清泉潺潺流過，也像天上的月兒明亮照耀。

走過種種離合悲歡之後，總有一天，我們都將了然所有屬於生命的奧祕，卻依舊不可說。

人生不能重來

人生不能重來，所以，更要珍惜韶光，過有意義的日子。

追求的目標很重要，只要目標達成，就不算白活。我以為，每一個肯腳踏實地的人雖然未必飛黃騰達，但是能無忝所生，已經不容易了。至於旁人的說三道四，又何必放在心上呢？

好好過自己的生活，努力自我實現，不要虛度。就像一朵花，站在大自然裡，與風跳舞，跟雨說話……就算自開自落，也自在歡喜，這不就很好了嗎？生命的意義由自己決定，只要自覺俯仰無愧，又何須旁人來強加置喙？

由於人生不能重來，因而每個日子都是唯一。是要認真進取？還是虛擲浪費？都只在我們的心之一念而已。你既然是歲月的主人，那麼，就請一肩扛起所有成敗得失的責任吧。哪裡怪得了別人呢？

祝福每個行走在人生道上的朋友，且行且歌且開懷。上天對每一個肯用心耕耘的人也必然會給予豐美的報償。

緩一緩，想一想

緩一緩，想一想，有些事情並不如你想像中的艱難，有些事情也並不是非你不可。

我的性子急，總想要快快做完，快快解決。我以為，事情做完，解決了，就可以好好休息了。真實的情形是，做完又會有新的事情立刻出現。沒完沒了，無有止時。

於是，我就像陀螺一樣轉個不停。

「很累啊。」我常常說。

其實，中年以後的我，最應該做的是放慢自己的腳步。

緩一緩，想一想，慢慢做就好。

如今不必事事一定要追求高效率、好成績。攘臂爭先，出類拔萃，以一當十，那都是很年輕時候的想法和做法，在中年來到的此刻，已經沒有那樣的本事了。好好做，慢慢來，就行了。
不再是拚命三郎，自認力有未逮，也算是善待自己吧。

就爭氣吧

生氣是沒有用的。在憤怒之中，我們無法思考，更不能做有智慧的決定。

既然生氣無用，那麼就爭氣吧。

小人常是耀武揚威的，拿著雞毛當令箭，簡直把你給氣得半死。

我曾經遇見過，立刻決定，要比他更有出息。孜孜矻矻，夙夜匪懈，很快的，我把他拋在身後，遠遠的。當我的老闆在大庭廣眾間對我大加稱揚時，我知道爭氣的回報是豐厚的。

我是這樣努力精進，一次又一次。

多年以後，回首時，我發現，他們其實都是我另類的貴人，我真該心懷感激。

可是，當時我分明氣到流淚。

感謝人生是一條漫漫長途，畢竟沒有白流的淚水，畢竟以爭氣扳回了小小的勝利。

走過悲喜

人間行路，隨著年歲的增長，我們走過了種種悲喜，心中另有一番領會。那樣的滋味啊，也如人飲水。能跟誰提呢？有時也欲說還休。

仔細想來，其實內心是清楚的。越是艱難困頓的過程，所給予我們的教導和啟發也越多。讓人生的這一趟旅程，在回顧時，也更加豐美雋永，值得我們時時懷想。

原來，生命的成長和智慧的培養，有時也需要經過汗水與淚水的洗滌，才顯得更為清明。

我明白，如果不是曾經有過那些傷痛和挫敗的打擊，或許今天的自己仍然是不懂事的吧？我可能無法領會一個失敗者的沮喪和灰心，又如何能有寬闊的心和體貼的情懷呢？有些事情的挫折並非來自不努力，而是際遇的問題。既然這樣，能不能給失意者一個鼓勵的微笑而不是交相指責、怒斥對方？

我相信，是由於走過了那些充滿了震撼的考驗，人間的種種悲喜是我心中的痛和眼中的淚，我才能逐漸成為如今一個心地柔軟的人。我可以為不幸的人彎下腰來提供協助，我也可以為病苦之人感同身受而謙卑。我知道，自己能擁有此刻的一切，都只是來自幸運和上天的成全。

為此，我真心感恩。

誠實做自己

年少的時候，我希望自己能討人喜歡，於是我努力改變自己，想要迎合別人。

是的，我的確受人歡迎，可是並不快樂。

很久以後，我也長大了，我終於決定誠實做自己。

我不掩飾自己的主張，只是我的態度謙和有禮；尤其是非善惡更是心中的一把尺，我不能因為迎合而違背。我知道，也許對方是不高興的，可是，我還是應該誠實面對，做我自己。

從此，朋友認識的我，那就是我本來的面貌。有所為，也有所不為。

我的朋友因此減少了嗎？我受到了他人的排擠嗎？

似乎也沒有。

或許也有漸行漸遠的吧？那是因為彼此磁場的不同。如果「道不同，不相為謀」，也是合理的。

因緣有時而盡，我願意給予祝福。
朋友圈裡，有的離開，有的加入，也是常有的事。無須過於在意。
我以真實的面貌，走自己的路，過自己的日子，我也的確是充滿歡喜的。

浮生

浮生若夢，為歡幾何？

年輕時候為衣食而奔忙，席不暇暖，也幸虧那時還算身強體健，經得起幾番風雨的侵襲，心中不敢或忘的是懷抱著高遠的理想。

平日總是抽空閱讀，甚至習作，累到幾乎要昏倒。可是，幾十年下來，閱讀所帶來的快樂和啟發，讓我的心成為一個豐足的小宇宙。我不需人云亦云，因為心中自有定見。我知足而感恩，清楚的知道，這樣的人生是多少人所夢寐以求的，而我幸運的蒙受上天的恩寵，所有的語言文字都無法表達我內心的感謝。

我是所有平凡小人物中的一個，我努力，想要接近心中的夢想；縱使無法抵達，也從來不妄自菲薄。

我看重自己，要與人為善，更要謙卑待人。我以為，那是我對上天的真誠回報。

我想念我自己

你最喜歡什麼時候的自己？
童年時的愛嬌嗎？享盡了全家人的寵愛？還是二十歲時綺年玉貌的自己呢？
彷彿全世界都在自己的腳下？還是……
其實，我真心喜歡此刻的自己。
距離青春越來越遠，甚至連青春的背影都快看不真切了，只剩下模糊的身影，幾乎是全然的遺落。此刻我是自在的。離開職場也很久了，我只做自己喜歡的事，無須在意別人的贊同或反對。
是的，我只做自己。多麼快樂消遙。
美麗的黃昏已經來到眼前，這是生命中最絢麗的一抹繽紛的顏彩了。黑暗尚未席捲而至，健康尚可，多麼值得珍惜。
如此的時光短暫，珍惜的心意濃烈，就讓我再看一眼這美麗的夕陽餘暉吧。

人生的不確定

人生裡多的是無常。

今天我們手中所擁有的，未必明天還在。親愛的人此刻依然相聚，卻也未必能長相廝守。每一個意外的來到，都足以讓我們的人生為之翻轉，帶來了巨大的失落。

最大的荒謬，是來自我們的掉以輕心。我們以為，眼前的一切都能長長久久，無常不會倏忽來到。其實不然。

曾經讀過這樣的一句話：「不知今晚脫下的鞋，明朝能否穿得？」說的也是無常。是那樣的迅雷不及掩耳，直教人手足失措。

可是，為什麼我們總是那樣的篤定，以為所有的不幸和變故都在遙遠的他方，甚至永遠也不會來到我們的眼前？

我們太天真了。

只有懷抱著珍惜之情，未來的憾恨才有可能減低。只有時時感恩，我們才得以平順的涉渡所有塵世的風雨。

當無常來到，那樣的毫無預警，能不驚慌失措嗎？努力面對，平靜接受，或許是比較智慧的做法。

短如一瞬

我們說，為什麼人生在回顧時，都短如一瞬呢？彷彿我們不曾好好的享用青春，竟然發現，黃昏已臨，年華老去，多麼讓人措手不及啊。

是的，我們不曾年少輕狂，及長，也不曾偏離軌道。年少時，我們聽從父母師長的教誨，好好讀書，畢業以後，我們認真工作，竟然就這樣過了一生嗎？

難道我們要後悔？

縱使吃喝玩樂過一生，你會滿意嗎？

我們嚴肅的面對自己的人生，是那樣的努力和長期堅持，如此孜孜矻矻，我們的生命沒有虛度，也贏得了所有認識的人的尊敬。

的確人生並不長，渾渾噩噩的度過，你會對自己滿意嗎？

縱使你說，如果人生重回，我要過一個完全不一樣的遊戲人生。或許，當終點在望時，你仍然是悔恨的，因為不曾把握韶光、辜負了期許。

所以，還是要愛自己所選擇的人生的路，開心而篤定的走向前去，無須遲疑和徬徨，我以為，上天的安排從來都有其深意。

如果時光倒流

如果時光倒流，我會想要重回過去嗎？

坦白的說，我不想。即使我明白，我是從過去逐步走到現在的。在過去，我也的確受到呵護和照顧，可是，我喜歡現在的自己。我眺望屬於自己的未來，我以為，明天的自己也會很好。

如果時光倒流，真的重回過去，那麼，過去的所有錯誤就可以得到改正，而有了一張更好的人生成績單嗎？我沒有那麼樂觀。我相信：所有的嘗試和錯誤都是生命裡的必須。在那其中，我們得到了反省和學習，也是由於那一點一滴的辛勤累積，讓我們逐漸變得更好。

一步登天，從來都只是個神話，而不會是事實。在我，步步踏實更為務實和重要。

努力精進，那是我面對生命的態度。我不相信，成功可以不勞而獲，我寧可信靠自己，一步一腳印。至少，我坦然無愧，這也就夠了。

感謝過往的時光，我得以平安走過，感謝那許多的善意和愛，讓我對這個世界，即使遭逢困頓，也從不絕望和輕言放棄。

我認真的做自己，只求無忝所生，不辜負那許多曾經疼愛過我的人。

如果明天就是世界末日

有人問：如果明天就是世界末日，那麼今天你要做什麼呢？

我想一切如常。我一樣要在園子裡栽下希望。

為什麼要改變呢？是想要釐清生命中或內心裡先後的次序嗎？還是覺得，所有的滅絕已然就要來到眼前，任何的努力都不過是徒然的掙扎，已經不再具有意義了？

你又是怎麼想的呢？

有人以為既然末日就要來到，那麼，又何必努力，何須工作呢？盡日狂歡，紙醉金迷，恨不得散盡所有錢財，只為個人逸樂，以免後悔，那是他的抉擇。也有人決定跟家人一起，憂歡與共，在最後的時光相守，以彌補平日的忙碌和輕忽，家，還是他心中最值得珍惜的。有人平常心過日子，該怎麼過，就那樣過吧，何必改弦更張？不也顯得有幾分造作嗎？……

你會怎麼做呢？如果明天就是世界末日。

最後的回望

屬於你，生命最後的回望是什麼呢？

這個問題，多麼令人深思。

聚會時，大家言笑晏晏。

我聽她說話，真的有夠直白，一點也不拐彎抹角。

久別重逢，她直接問在座的另一個當年的同班同學，「妳怎麼會嫁給妳先生的呢？」前些年在同學會的時候，就曾經親眼目睹那女同學先生的火爆脾氣。

原來，她們都是從小一起長大的好姊妹。

「我們以為，是他配不上妳。」話語中，多的是關心與不捨。

然而，感情的事未必是市場上的買賣，可以秤斤論兩，有人精明，有人迷糊。

何況，姻緣事，其間仍有幾分上天的安排！

人生的這一遭，我們都是前來學習的，在各個方面。有的容易，有的艱難。可是，誰也無可逃躲。

有一天，我讀到季羨林的一段文字：「生命最後的駐足回望，精采與失落同屬時光二字。」

時光才是最大的贏家，它君臨天下，也席捲了一切。

所有的生命都有走到盡頭的一刻，終將灰飛煙滅，無論賢愚不肖。

雲淡風輕

有一天，我驀然察覺自己的體能有日漸減弱的趨勢，再也不如從前的精力旺盛了，多麼令人驚懼。我想，屬於自己人生的黃昏正逐漸臨近。

此後，我的體力恐將有限，能做的事也會跟著減少了。我跟自己說：「就活在當下吧。」能問心無愧就好。

倘若，我曾經那麼努力的工作，也珍惜了人間的種種善緣，一轉眼，暮靄降臨，原來青春早已飄然遠逝。手中的歲月，正以我想像不到的快速消失。多麼讓人感到驚懼！

然而，如果流光重返，我還能做得更好嗎？平心而論，不能。

既然，努力了，珍惜了，如果我還做得不夠好，那是我的能力有所不足，而非來自怠惰遊憩、辜負了美好時光。這麼一想，既已俯仰無愧，若真有缺憾，就還諸天地吧。

活在當下，孜孜矻矻，努力了，也與人為善了，是的，我對得起自己的人生。

那就平靜的接受眼前的一切吧，就像光榮的戰士，打完了最後的戰役，往後，就是解甲歸田了。

讓人不禁想起辛棄疾在〈鷓鴣天〉中所寫：「卻將萬字平戎策，換得東家種樹書。」說的是：倒不如將那洋洋萬言的抗金方策，去換取一本鄰家種樹的書來得有用啊！

讀來，依舊不免惆悵。

但願雲淡風輕，日日都是好日。

讓善終成為最美的祝福

人生的最後一段路會怎樣呢？是艱難？還是輕鬆？真的沒有人知道。

新北市政府打出了一個夢想：「讓善終成為最美的祝福。」落實社區照護，讓老者病弱時，有醫護人員能前來幫忙照料，多麼讓人怦然心動。

好朋友的父母年邁，先請外傭，可是依然需人照管。經兩老同意，賣掉原先居住的房子，一起住進養老院。

慢慢的，父親的身體不好，常要進出醫院，甚至是加護病房，有時候還住院一個多月。錢是小事，只是，年近九十的老父備受折騰。父親不想再度送醫，可是只要血壓不對，人顯疲憊，養老院立刻送醫。

我問：「可以依老人家的意思嗎？」

「不能。」

基本上養老院不願意，即使立下切結書，也不會同意。

畢竟養老院有他們的考量，是個營利機構，有許多工作人員需要支薪，事情簡單，對他們才是好的。有病送醫，嚴重時，就在醫院辭世，不要在養老院裡。有些養老院為此天天找人來勸說要求離開，上醫院或遷離，甚至找來警察，讓情形變得更糟，場面難看，雙方都不高興。

或許，這僅屬個例，就非我所能知曉了。

「讓善終成為最美的祝福。」我真心期待這樣。

九　歌　文　庫　1　3　2　8

給熟年的祝福帖

國家圖書館出版品預行編目 (CIP) 資料

給熟年的祝福帖／琹涵著. -- 初版. -- 臺北市：九歌，2020.05

面；　公分. -- (九歌文庫；1328)

ISBN 978-986-450-287-5(平裝)

863.55　　109004385

作　　者——琹　涵
繪　　者——蘇力卡
責任編輯——張晶惠
創 辦 人——蔡文甫
發 行 人——蔡澤玉
出　　版——九歌出版社有限公司
臺北市 105 八德路 3 段 12 巷 57 弄 40 號
電話／02-25776564・傳真／02-25789205
郵政劃撥／0112295-1

九歌文學網　www.chiuko.com.tw

印　　刷——前進彩藝有限公司
法律顧問——龍躍天律師・蕭雄淋律師・董安丹律師
初　　版——2020 年 5 月
定　　價——350 元
書　　號——F1328
I S B N——978-986-450-287-5　(平裝)